共和国故事

空中指南

——中国成功发射系列导航卫星

王金锋 编写

吉林出版集团股份有限公司

图书在版编目（CIP）数据

空中指南：中国成功发射系列导航卫星/王金锋编．——长春：吉林出版集团股份有限公司，2009.12

（共和国故事）

ISBN 978-7-5463-1915-5

Ⅰ．①空… Ⅱ．①王… Ⅲ．①纪实文学–中国–当代 Ⅳ．①I25

中国版本图书馆 CIP 数据核字（2009）第 237778 号

空中指南——中国成功发射系列导航卫星
KONGZHONG ZHINAN　　ZHONGGUO CHENGGONG FASHE XILIE DAOHANG WEIXING

编写　王金锋	
责任编辑　祖航　李娇	
出版发行　吉林出版集团股份有限公司	
印刷　三河市嵩川印刷有限公司	
版次　2010 年 1 月第 1 版	2022 年 1 月第 9 次印刷
开本　710mm×1000mm　1/16	印张　8　字数　69 千
书号　ISBN 978-7-5463-1915-5	定价　29.80 元
社址　吉林省长春市福祉大路 5788 号	
电话　0431–81629968	
电子邮箱　tuzi8818@126.com	
版权所有　翻印必究	
如有印装质量问题，请寄本社退换	

前　言

　　自1949年10月1日中华人民共和国成立至今,新中国已走过了60年的风雨历程。历史是一面镜子,我们可以从多视角、多侧面对其进行解读。然而有一点是可以肯定的,那就是,半个多世纪以来,在中国共产党的领导下,中国的政治、经济、军事、外交、文化、教育、科技、社会、民生等领域,都发生了深刻的变化,中国人民站起来了,中华民族已屹立于世界民族之林。

　　60年是短暂的,但这60年带给中国的却是极不平凡的。60年的神州大地经历了沧桑巨变。从开国大典到60年国庆盛典,从经济战线上的三大战役到经济总量居世界第三位,从对农业、手工业、资本主义工商业的三大改造到社会主义市场经济体制的基本确立,从宜将剩勇追穷寇到建立了强大的国防军,从废除一切不平等条约到独立自主的和平外交政策,从"双百"方针到体制改革后的文化事业欣欣向荣,从扫除文盲到实施科教兴国战略建设新型国家,从翻身解放到实现小康社会,凡此种种,中国人民在每个领域无不留下发展的足迹,写就不朽的诗篇。

　　60年的时间在历史的长河中可谓沧海一粟。其间究竟发生了些什么,怎样发生的,过程怎样,结果如何,却非人人都清楚知道的。对此,亲身经历者或可鲜活如昨,但对后来者来说却可能只是一个概念，对某段历史的记忆影像或不存在，或是模糊的。基于此，为了让年轻人，特别是青少年永远铭记共和国这段不朽的历史，我们推出了这套《共和国故事》。

《共和国故事》虽为故事，但却与戏说无关，我们不过是想借助通俗、富于感染力的文字记录这段历史。在丛书的谋篇布局上，我们尽量选取各个时代具有代表性或深具普遍意义的若干事件加以叙述，使其能反映共和国发展的全景和脉络。为了使题目的设置不至于因大而空，我们着眼于每一重大历史事件的缘起、过程、结局、时间、地点、人物等，抓住点滴和些许小事，力求通透。

历史是复杂的，事态的发展因素也是多方面的。由于叙述者的视角、文化构成不同，对事件的认知或有不足，但这不会影响我们对整个历史事件的判断和思考，至于它能否清晰地表达出我们编辑这套书的本意，那只能交给读者去评判了。

这套丛书可谓是一部书写红色记忆的读物，它对于了解共和国的历史、中国共产党的英明领导和中国人民的伟大实践都是不可或缺的。同时，这套丛书又是一套普及性读物，既针对重点阅读人群，也适宜在全民中推广。相信它必将在我国开展的全民阅读活动中发挥大的作用，成为装备中小学图书馆、农家书屋、社区书屋、机关及企事业单位职工图书室、连队图书室等的重点选择对象。

编　者

2010 年 1 月

目录

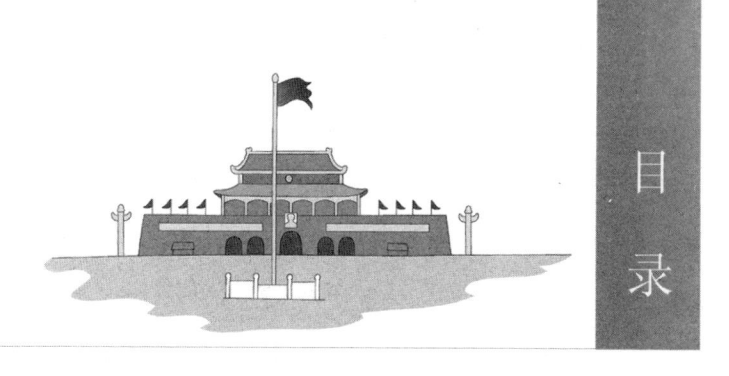

一、提出方案

陈芳允提出双星定位系统/002

陈芳允期待方案获得认可/004

合作推动双星定位系统/006

双星定位系统得到确认/009

二、艰难起步

双星定位系统正式立项/012

成功发射北斗导航卫星/015

克服"非典"困扰准备发射/017

科技人员奋战北斗发射场/022

三、初尝成功

成功发射北斗导航卫星/030

范本尧全力设计北斗卫星/035

建立中国第一代导航系统/040

北斗卫星抗震救灾显神通/051

北斗导航走进百姓生活/053

发射"北斗一号"第四星/055

目录

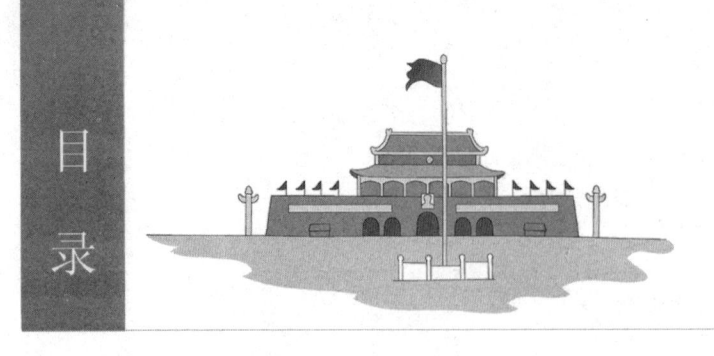

四、再创辉煌

谢军勇敢面对北斗事业/062

中央批准北斗二代立项/066

召开导航定位专家论坛/070

开启北斗导航新的里程碑/074

坦然面对北斗增重难题/077

成功发射"北斗二号"卫星/080

五、开发应用

北斗卫星成就辉煌/086

爆发中欧卫星频道争端/088

北斗卫星逐渐走向产业化/093

开拓北斗卫星民用化市场/099

六、走向未来

建立时间同步监控系统/104

北斗积极应对信号干扰/110

北斗开辟导航的新途径/112

巧妙利用退役卫星/115

一、提出方案

- 刘志逵说:"用两颗卫星定位,以已知的地球半径数据和高程测量两颗卫星与目标间的距离进行定位,再传到指挥部,这在原理上是可行的。"

- 陈芳允把小狮子拿在手里,左右摆弄一番,他会想起拿破仑的一句话:"这只狮子,还是让它好好地睡觉吧。"

- 论文认为:"我们于1983年提出的利用两颗同步定点卫星对地球表面和空中目标进行定位的系统,经过理论分析和验算证明是可行的,而且可以利用我国自己发射的卫星来进行试验与试用。"

陈芳允提出双星定位系统

1983 年，陈芳允提出用两颗地球同步通信卫星上的一段频带，即可确定地面目标任一时刻的位置和海上移动物体的定位导航系统，这个系统被命名为"双星定位系统"。

陈芳允是 863 工程的首倡者之一，著名航天测量控制专家、中科院院士。他提出的"双星定位系统"采用的是"双星定位"，这是一种创新，因为理论上至少要有 4 颗卫星，才能构成导航定位系统。

陈芳允于 1916 年 4 月 3 日出生于浙江省黄岩县。1934 年，考入清华大学机械系，一年后转入物理系。后到英国某研究室工作。1948 年 6 月回国，在中央研究院生理生化所，协助所长冯德培研制神经生理方面的电子仪器。

陈芳允从 1965 年开始参加我国空间技术工作，于 1967 年调到国防科委第二十六基地，从事我国卫星地面测控网的研制和建设工作。

早在 20 世纪 60 年代，随着中国卫星事业的起步研究，中国卫星导航与定位研究也开展起来。进入 20 世纪 70 年代末，中国开始积极探索适应国情的卫星定位导航系统技术的途径和方案。

陈芳允早期从事雷达工作，就已经开始关注导航定位问题，在他参加空间工作之后，一直希望解决利用卫星对地球上运动物体的定位导航的问题。

他研究了美国的全球定位导航卫星系统，即所谓的 GPS 导航系统，这一系统为了满足全球、全时间工作，需要 18 颗以上卫星，而且没有通信功能，要使主管部门知道使用者和用户的位置，还需要有移动通信设备支撑，上下系统极为复杂且不经济。

按我国当时的技术、经济状况，发展类似美国的全球定位导航系统 GPS 系统难度较大。

在中国第一颗同步卫星即将发射升空前的一天，陈芳允对同步卫星总设计师办公室的刘志逵说，能否考虑充分发挥同步卫星的作用，使其为国防和国民经济服务。

1984 年，刘志逵拿着一份计算结果给陈芳允做了汇报，他说：

> 用两颗卫星定位，以已知的地球半径数据和高程测量两颗卫星与目标间的距离进行定位，再传到指挥部，这在原理上是可行的。

陈芳允听后笑了，他希望中国的导航卫星系统能够尽快立项，以便为中国的国防和国民经济服务。用这一系统去比较 3 颗以上的卫星所能定位出来的用户三维位置的精确度，结果不相上下。

1988 年美国人 K. G. 乔汉森发表了同一设想，更证明了陈芳允"双星定位系统"的科学性。

陈芳允期待方案获得认可

在有关部门支持下,陈芳允带领课题组的同志经过两年多的艰辛探索,再加上刘志逵在理论上的分析和精密计算,终于作出一个全新的"双星定位通信系统"。

这是一个伟大的发明,有专家认为,只有载人航天工程可与之相比。

早在古代,人们就发明罗盘、指南针帮助自己在森林里打猎、大海里捕鱼不迷失方向。后来人们又发明了雷达,为航行中的飞机、遨游大洋的舰船确定所在的位置。

每一次科技发明都是一次进步,都是一个飞跃。再后来在茫茫的大漠里,也能清楚地知道自己的坐标而不致迷途,在蓝色的海洋里舰船随时知道自己的位置而确定航向,飞机在广阔的天空中高速飞行,时刻清楚自己的方位,卫星导航定位是其中最有效的手段。美国军事之所以如此强大,与其GPS导航系统密不可分。

然而,伟大的发明问世的时候,往往不被人认可。因为人们还不了解它,敢于创新者毕竟是少数。只有经过时间的洗礼,伟大才会逐渐绽露自己的光芒。

中国的"双星定位通信系统"也是这样,虽然陈芳允他们在1983年就率先提出了这一设想,遗憾的是,当时很少有人认识到它的优越性,所以他也就无法很快实现自己的这个先进设想。

这令陈芳允很苦恼,他家里有一只陶瓷的观赏玩具棕黑色的雄狮,他非常喜欢这只神态昂扬的小狮子,他在小狮子的底座下工工整整地题写了4个字:"雄狮独步",以表明他的心境。

说来很有意思,这位天性好静、不抽烟、不喝酒、不打牌、不跳舞、不爱凑热闹的科学家,一辈子从事严谨的科学研究,偏偏就喜欢这只玩具小狮子。用他自己的话解释,就是希望我们国家能成为醒来的雄狮。

有时陈芳允的方案不被人理解,他就把小狮子拿在手里,左右摆弄一番,他会想起拿破仑的一句话:"这只狮子,还是让它好好地睡觉吧。"他的心情就会逐渐好转。因为雄狮醒后还会东方狮吼,现在只不过是养精蓄锐。

陈芳允相信,总有一天,他的设想会变成现实。他不灰心、不气馁,要一直努力下去,直到获得成功。

提出方案

合作推动双星定位系统

不过陈允芳的伟大设想也不是完全没人赏识，曾任职国防科工委的沈荣骏就是他的知音之一，两个人的合作成为科技界的佳话。

两个人的合作，还要从陈芳允60岁当兵说起。60岁对于一个军长来说也到了退居二线的年龄。可陈芳允偏偏就在60岁那年实现了加入中国人民解放军的愿望，在别人眼中，陈芳允真是个怪人。可也许正是由于此，才造就了一个科学界的奇才。

1976年在中国历史上是极其重要的一年。时代的转机，对一个人来说往往也是一种机遇，可以给你提供更多的选择。陈芳允抓住这个时机，想改变一下自己，他觉得部队是钢铁长城，他喜欢安定团结的环境。

当时，他已经在国防科委所属基地搞了整整10年的卫星测控系统的建设工作。埋藏在他心里已久的愿望也由此萌发，他盼望自己能成为这支绿色部队中的一员。不过他也考虑到自身的不利因素，60岁开始军旅生涯，他已不再年轻，不过在行将进入老年的日子里，自己还能做些什么？他决定只要认准了就要做下去。

陈芳允考虑成熟以后，郑重地向组织上提出了参军的请求。

陈芳允要求参军的报告很快得到了组织的批准。这个花甲之年穿上军装的新兵，刚入伍就被任命为国防科工委洛阳跟踪与通信技术研究所副所长。

有趣的是，跟踪与通信技术研究所搬到河南洛阳以后，和他一起上任的还有一位副所长沈荣骏，他们可以说得上是老友重逢，都是中国航天测控的创业者。

两个人在工作上一直配合默契。只是年龄差距较大，沈荣骏比陈芳允年轻20岁，但这并不影响他们之间的忘年交。其实在共同建设中国的航天测控网时，他们就结下了深厚的友谊。

1977年，在沈荣骏的帮助下，陈芳允光荣地加入了中国共产党。这一年，陈芳允已经61岁了，他觉得自己焕发了革命青春。沈荣骏和陈芳允的性格截然不同，这可能恰恰促成了他们之间的互补。

沈荣骏性格直爽，办事向来干脆利落，像旋风般卷起一件件棘手的事，然后又大刀阔斧地扫平一切障碍。后来沈荣骏升任一所之长，所里的大事小事他都得管，而且还得管好。

陈芳允却是一个性情温和、不爱多管闲事的人。他遇事不轻易求人，头发长了自己理，衣服破了自己补。可他天天脑子里想的都是天上的事。

在建设中国的航天测控网上，他们有过4次大的合作。

第一次合作是在1967年，为中国第一颗人造地球卫星建立测控网。最后就是他们共同合作的测控方案，为中国第一颗人造地球卫星成功地实施了测量控制，此项目获得国家科技进步特等奖。第二次合作是为中国第一颗通信卫星建立测控网，这个项目与通信卫星一起获得国家科技进步特等奖。第三次合作是解决中国远洋航天测量船"远望号"的电磁兼容问题，此项目获国家科技进步一等奖。第四次合作，就是1983年陈芳允提出的双星定位通信系统了。当时沈荣骏任河南洛阳跟踪与通信技术研究所所长，他知道陈芳允的设想后，给予了大力支持，跟他探讨方案，给他提供条件。

1983年年底，沈荣骏调国防科工委干部学校任校长，临走前，沈荣骏对过去从事的测控工作写出一份总结报告，题为《导弹航天测控系统的现状与发展》。

1984年，陈芳允也调离测通所，任国防科工委科学技术委员会常任委员，他一直在作双星定位通信系统的研究，可是由于经费等问题他遇到了不少困难，只好无奈地进行持久战。

沈荣骏调任国防科工委副主任后，对陈芳允提出的双星定位通信系统给予大力支持，他亲自出面找国防科工委计划部商量，让有关单位成功地进行了体系试验，并最终获得了理想的试验数据。

双星定位系统得到确认

1985年，陈芳允因在空间科学技术领域的突出贡献，荣获国际宇航科学院院士的称号。同时，他兼任了国防科技大学四系的教授和博士生导师。他有很多事情要做，然而却始终放不下他研究的双星定位通信系统。

这一年，正好在南京紫金山天文台召开测地会议，陈芳允在会议讨论中又再次提出了双星定位通信系统。

他在发言中，将这一系统与美国导航星全球定位系统GPS和苏联全球导航卫星系统格洛纳斯相比较，美、苏的卫星系统具有导航定位能力，但精度还不算高，无通信功能，又都需要多颗卫星才可实现。而他研究的"双星定位通信系统"，仅利用两颗同步定点卫星，就可以覆盖很大地区，且有通信功能，能同时定位、定时，精度更高。

陈芳允的设想提出以后，引起了一些与会者的注意。当时，国防科工委司令部范厚爽参谋和总参测绘局的蒲局长对陈芳允的这一设想产生了兴趣，他们认为总参测绘局需要这一系统。他们回到北京后，立即向总参测绘局领导做了汇报。

这样双星定位通信系统在搁置两年以后，终于被总参测绘局所接受。

1986年年初，该项目以"双星快速定位通信系统"为名获立项批准。

1987年6月，陈芳允和刘志逵、冯汝明、解志超等同志在《中国空间科学技术》杂志上以《发展我国的星基定位通信系统》为题发表了他们的论文。

在论文中，他们明确阐述了自己的观点：我们于1983年提出的利用两颗同步定点卫星对地球表面和空中目标进行定位的系统，经过理论分析和验算证明是可行的，而且可以利用我国自己发射的卫星来进行试验与试用。

过去我国长期没有自己的导航卫星系统，通常是购买或仿制国外系统的用户终端设备，以满足急需，如子午仪导航用户终端设备。我们认为这种解决办法不是上策，只能是权宜之计，如果延续下去，国家不仅需要长期巨大的经济负担，并且随时承受着某种不能自主的风险。

从国家的根本利益出发，立即着手建立我国自己的快速定位通信系统，为我国四个现代化建设提供长期、稳定、经济和可靠的定位、导航与通信业务的服务，就变得十分必要和急需。

根据我国航天和电子技术的水平，我们已经具备自己解决利用同步定点卫星组建快速定位通信系统的能力，经过努力，在不长时间建立这种系统是完全可能的。

事业的奇迹，终于出现在奋斗者坚韧的汗水里。

二、艰难起步

- 新华社为此发布消息说:"利用两颗卫星将快速定位、通信和定时一体化并获得理想的试验数据,这在国际上还是首次,快速定位精度达到了国际先进水平。"

- 中心党委丝毫不敢大意,紧急下达命令:"严防死守,绝不让'非典'病毒进入发射场。"

- 总装首长对系统工程师们的评价是:"质量建设生力军,科技攻关领头羊。"

双星定位系统正式立项

1989年9月25日,在国防科工委司令部测控部的组织领导下,由总参测绘局、成都电子部10所、计量科学院等单位一起在北京进行了"首次双星快速定位通信系统"的功能演示。

在不足30平方米的临时机房里,设置着信号接收和定位计算中心。北京某地的用户设备利用我国定点于赤道上空东经87.5°和110.5°的两颗通信卫星进行试验,经计算机处理参数,一秒钟后显示屏上就出现了这个用户的精确地理位置,与档案记载的误差在20米以内。

机房里响起了热烈的掌声。"首次双星定位通信系统"的功能演示获得了成功。

这次功能演示不但定位精度准确,而且这个系统还可以进行简单的报文通信和时间发播。在世界上第一次实现地面目标利用两颗卫星快速定位、通信和定时一体化,为我国研制、发展双星导航定位系统奠定了理论和技术基础。

第二天,新华社为此发布消息说:

利用两颗卫星将快速定位、通信和定时一体化并获得理想的试验数据,这在国际上还是首次，快速定位精度达到了国际先进水平。这项卫星应用尖端技术，标志着我国独立开发利用卫星通信资源有了新的突破。

1993 年，双星定位通信系统被列为"九五"计划中的任务。1994 年 1 月，双星定位系统正式立项研制，同时根据后来任北斗星通总经理的赵耀升提议，正式命名为"北斗"卫星定位导航系统。

"北斗"卫星定位导航系统在测绘、航天、航空、航海、矿山、运输、抢险救灾和国防建设等方面具有广泛的应用价值。

后来，这个系统的研制成功，标志着我国独立开发利用卫星通信资源有了新的突破。此项目获得国防科工委科技进步一等奖。

这 4 次大的科研项目均获得成功，沈荣骏却拒绝在上报奖励完成人时填写自己的名字。他谦虚地说："这都是陈芳允挂帅搞的科研项目，我只不过给他一点儿支持，功劳应该是陈先生的。"

陈芳允谈到沈荣骏时，赞赏地说："沈荣骏在基地航测处时就做技术方案，他对中国航天测控网的建设有很大的贡献。很多人反对我提出的微波统一测控系统，沈荣骏支持我搞，给了我很大帮助。国防科研不是哪一个人能独立完成的，都是大系统，这些项目没有沈荣骏的支持，我很难获得成功。"

陈芳允终于把自己的想法变成了现实。其实操作精神对于每个人来说都非常重要，任何一个想法再美好和神奇，如果不能操作或是实现，就等于零。

这里无须描述他发明创造的技术过程，他的设想的提出，到寻找机会问世，再到让人们去认识它、接受它并使用它，就经过了整整 10 年的时间，我们仅仅从这一点就可以知道他经过了百折不挠的努力。

这对于一个科学家而不是社会活动家的陈芳允来说，是多么不容易。他年年、月月、天天都是安静地在工作现场、办公室、实验室、书房里看书搞科研。这中间，一个科学家不仅要搞科研，完善所研究的项目，还要不厌其烦地宣讲新项目的重要意义，坚信自己的梦想能成功，他才能获得成功。

多年来，陈芳允虽然名气很大，却不愿意抛头露面。除了他感兴趣的科研课题，他的语言极其"金贵"，其实那是没碰到知己，碰到他的朋友和感兴趣的话题他会说起来滔滔不绝，当然大多是"三句话不离本行"。

成功发射北斗导航卫星

2000年12月21日零时20分,我国自行研制的第二颗北斗导航试验卫星,在西昌卫星发射中心用"长征-3甲"号火箭发射升空,并准确进入预定轨道。

20世纪,中国航天最后一次发射获得圆满成功。中国航天人以全年五战五捷的优异成绩,向20世纪道别。

这颗新星将与同年10月31日发射的第一颗北斗导航试验卫星一起,构成"北斗导航系统"。这标志着我国将拥有自主研制的第一代卫星导航定位系统。

中国北斗卫星导航系统将于2001年年底开通运行,并为中国经济发展服务。世界上只有少数几个国家能够自主研制生产卫星导航系统。我国自行研制生产的北斗卫星导航定位系统,不仅具备了上述能力,还在定位性能上有所创新。

我国自主建立的第一代卫星导航定位系统"北斗导航系统"服务范围包括中国大陆及东南海域所有地域,属区域性系统,可以满足国内卫星导航需求。

这个系统是全天候、全天时提供卫星导航信息的区域导航系统,建成后将主要用于监控救援、信息采集、精确授时、导航通信,主要应用西部和跨省区运营车辆、沿海和内河船舶、水利、气象、石油、海洋和森林防火、通信、电力、铁路和交通、公安保卫、边防巡逻、海岸缉私和交通管理等范围。

"北斗一号"导航系统运用非常广泛,用在交通管理上,可以使始点和终点的管理者都能很清楚地了解交通工具的行驶情况,用在农业上可以用农用导航系统进行位置准确的灌溉,用在一些交通不发达地区,如西藏,进藏车队就算遇上大雪封山,通过卫星导航系统,后方也可以判断出准确的位置。

利用若干颗导航定位卫星组成卫星导航系统,综合了传统天文导航定位和地面无线电导航定位的优点,相当于一个设置在太空的无线电导航台。它可以在任何时间、任何地点,为用户确定其所在的地理经纬度和海拔高度。

"北斗导航试验卫星"和"长征-3甲"号运载火箭,由航天科技集团所属空间技术研究院和运载火箭技术研究院研制。这次发射是我国长征系列运载火箭第六十四次飞行,也是自1996年10月以来我国航天发射连续第二十二次获得成功。

克服"非典"困扰准备发射

2003年5月25日,在西昌卫星发射场上,高高的卫星发射塔架,环抱着"长征-3甲"号火箭和"北斗一号"卫星,乳白色的火箭高高矗立,整装待发。我国第三颗导航定位卫星将从这里升空。

这次发射的第三颗"北斗一号"卫星从2001年开始研制,短短的两年多时间,以五院为主的研制单位克服了许多困难,使卫星顺利"诞生"。

这颗卫星不但作为备份星要在第一代系统中服役,而且将试验第二代导航系统的关键技术,因此增加了很大的难度。

李祖洪总指挥说,负责总体和有效载荷研制工作的人员贡献很大,他们完成了与新的有效载荷相关的重点任务。

当时,国外生产的某部件拖延交付时间,造成了周期延长,使困难增加。最终航天人刻苦攻关,在进发射场前圆满完成任务,发射前的评审结果相当理想。

不过,这次发射与以往的卫星发射相比,多了几分凝重。当装载着火箭和卫星的专列相继从北京开往西昌卫星发射场的时候,我国一些地区正发生"非典"疫情。

列车上,试验队临时党委召开会议,紧急部署抗击

"非典"的工作。这时，西昌卫星发射中心也在紧急行动。虽然这里似乎远离"非典"，但中心党委丝毫不敢大意，紧急下达命令：

严防死守，绝不让"非典"病毒进入发射场。

一项项严格的措施从上而下，贯彻到每一个角落。所有参试人员全部进行体检，中心实行了封闭式管理。

去发射场采访的记者们也亲身经历了防范措施的严格的检查。当一群记者从北京乘坐飞机来到西昌时，一下飞机就被送到中心医院接受体检，量体温、验血、透视，确认身体健康无恙，才被允许进入发射场。

在这个特殊的时刻，发射场上的每个人都感受到自己肩负责任的重大。大家心里有一个共同的目标，那就是安全可靠地把卫星送上太空。

一进发射场，就能看到一幅幅高挂在发射场上的标语，标语上写着：

一手抓预防非典，一手保任务成功！
抗击非典人人有责，卫星发射我自当先。
让非典远离发射，用成功鼓舞民族。

不同的标语，道出了中国航天人共同的心声，那就是全力抗击"非典",成功发射北斗。

在一阵阵庄重、紧张的调度指挥声间隙,近千名一线岗位操作手都收到了服务保障小组这样贴心的询问:

今天的预防药喝了吗?别忘了测体温。

在全国人民众志成城抗击"非典"的非常时期,西昌卫星发射中心承担了发射我国第三颗"北斗一号"导航定位卫星的非常任务。时间紧,任务急,全国各地多支参试队伍向西昌会聚,给中心的防"非典"工作带来巨大压力。

中心党委确立了"防'非典'就是保成功"的工作思路,一线"'非典'防治领导小组""预防技术指导组""医疗救护专家组"等迅速成立并开展工作。

结合中外协作、人员多的实际,中心制订了35项"非典"防治方案。同时。每天3次对卫星测试厂房、工作台、食堂等场所进行消毒,每天两次送预防中药到测试一线。中心还为全体一线技术人员注射了免疫增强剂,对试验场实行了封闭式管理。

此刻,当"长征-3甲"号运载火箭托举着"北斗一号"卫星即将升空之际,中心依然保持着无一例"非典"病人和疑似病例的优异成绩。

本次卫星发射任务,是西昌卫星发射中心缩短发射周期、提高发射效率的首次尝试,即将火箭、卫星进场后的测试等任务准备时间由过去的两个月缩短为一个月。任务流程变化大、设备状态变化大、参试人员成分新，被大伙称为"非常发射"。

中心针对任务的新特点加大岗位训练力度，利用自行研制开发的"火箭仿真训练系统"等进行操作人员岗前强化训练，加大设备改造力度和质量监控力度，严格按质量放行标准进行操作。

一线科技人员叫响了"抗击'非典'人人有责，试验任务我自当先"的口号，更加全神贯注，狠抓质量，精心操作。据统计，任务期间，一线官兵累计加班8200多人次、3.8万多小时。

五一节期间，不少参试人员主动留队加班，还笑称："既完成了任务，又预防了'非典'，一举两得。"

这次发射，对运载火箭首次采用了新的测试发射流程，大大缩短了火箭在发射场的测试周期，两个月的流程减少到一个月，虽然流程减少，但是测试过程中没有发现任何质量问题，而且质量还有所提高。原本火箭上一般在发射前存在数十个问题，但是这次发射之前检查只有六个问题，而且问题基本发生在地面。

发射中心各部门，特别是一线参试人员，加大了岗位训练的力度，组织了两次近似实战的模拟演练，加大了质量监控的力度，对发射操作进行了更严格的规范化管理。据统计，中心一线人员累计加班3.8万多个小时。

西安卫星测控中心各测控站制订了周密的卫星测控

预案和防治"非典"方案,要求所有参试人员切实做到"标准不降,工作不松,秩序不乱"。

执行海上测控任务的"远望1号""远望2号"航天测量船也加强了非常时期的防范。他们专门抽调了10余名医生随船出海,并且组成了海上防控"非典"应急小分队、防治"非典"医疗技术组、食品卫生检查组,预设了船上"发热隔离室"。

种种措施都只为了保证"北斗一号"的海上测控任务的圆满完成。

所有参加这次发射的工作人员心里都明白,这次升起的,必将是一颗争气星、鼓劲星、民族精神之星!

科技人员奋战北斗发射场

在西昌卫星发射中心,活跃着一支年轻的科技骨干队伍。在北斗卫星的发射中,他们抓质量、查隐患、排险情、攻难关,战功赫赫。他们为北斗卫星的发射作出了重大的贡献。

第一颗"北斗一号"任务测试中,火箭平台出现异常摆动。平台是运载火箭的关键设备,直接关系到火箭飞行安全。在保持原系统状态基础上,高级工程师李本琪决定,有意识恶化加电条件,继续测试。

经过夜以继日的连续加班,故障终于复现,他们获得了大量的故障信息,找出了故障原因。此次任务中,李本琪还先后组织排除了控制系统某计算机遥测数字量异常故障、三级动力系统电动气活门漏气等故障,为任务圆满成功奠定了坚实的基础。

绰号"教授"的高级工程师车著明,圆圆的脸上总是挂着笑容,虽然讲一口难懂的湘北方言,但丝毫不影响他与同志们融洽相处。从一个中专生成长为西昌卫星发射中心测控系统学术带头人、数据处理专家型人才,他付出了太多太多。

在常人看来,由于逻辑思维习惯的不同,要理解、吃透别人研制的软件是一件非常枯燥的事,它甚至比重新开发一个软件还要困难。车著明不厌其烦地研究每一条指令，一层一层地分析其中的逻辑关系，奋战数十天，终于彻底读懂了这一软件，根据任务需求一一进行了适应性修改，并发现、更正了软件中隐藏极深的错误。

5月25日，我国第三颗"北斗一号"卫星发射任务中，这一系统第一次参加任务，便提前获得了负20秒至450秒的火箭飞行数据，保证了发射任务的安全、圆满成功。

2003年3月28日，在第三颗"北斗一号"卫星任务准备期间，某雷达接收机不能正常锁定目标信号。厂家技术人员认定只能返厂维修，需要一个月左右的时间。然而，卫星、火箭进场在即，如果送厂返修，势必影响任务进程。

关键时刻，系统工程师杨应勇受命修复设备。他运用自己在科技练兵中总结出来的"故障树分析法"，对最可能诱发故障的元器件进行测试，逐项排查，最终找到了故障原因并加以排除。

试验技术部副总工程师毛万标不苟言笑，不管什么时候遇到他，他仿佛总在思考什么问题。

1993年5月，中心派毛万标和几名同志到航天科技集团学习。所学的"长征-3甲"号运载火箭是一个新型号，采用了上百项新技术，代表当时我国运载火箭的最高水平。

毛万标十分珍惜这次学习机会，从第一天起，就全身心投入学习，虚心向生产厂家技术人员请教。为加深记忆，他采用"图纸分解法"，在自己的笔记本上将控制系统箭上和地面设备仪器近百张电路图，分解成一个个独立、清晰的子系统，反复研究，来回剖析，达到了可以默画其中任何一部分电路、熟记电路中每一个组件特性和品质的程度。

因工作出色，1996年毛万标被调往中心试验技术部，担任控制系统的系统工程师，负责对火箭控制系统的测试工作进行技术把关。

"系统工程师"这个职务在编制表上找不到，它是西昌卫星发射中心党委在航天发射工作实践中创造出来的。

20世纪90年代中期，国外航天界接连几次发射失利，使西昌航天人铭心刻骨地记住了"航天发射，质量为本"这八个字。中心党委创造性地提出了抓质量监控的新思路，从各部站、各系统、各岗位抽调优秀技术骨干进行系统培养，在执行任务时将他们送回各专业岗位，担任"系统工程师"。

具体来说，系统工程师并不从事某项具体工作，而是负责技术协调、质量监控把关和故障分析、排除。

当上系统工程师后，毛万标不再满足于看懂电路图、熟悉系统工作原理，而是要深入了解系统的设计思路，直至可以进行系统稳定性和可靠性分析。

为了能够快速准确地对火箭测试过程中出现的故障进行定位，作出处理，他非常注重提高自己分析问题和解决问题的能力。

第三颗"北斗一号"卫星发射任务期间，火箭三级箭体的一个活门发现了丝质多余物。按一般程序，清除该多余物即可放行。

然而，毛万标却想得更多，多余物是怎么进去的？其他部位还有没有类似多余物？在他的建议和坚持下，测试人员用医疗胃窥镜对各活门和发动机管路进行全面检查，彻底消除了隐患。

"北斗一号"卫星发射前两小时，毛万标在众目睽睽之下立下军令状，确定并排除了一起故障，为首长定下发射决心提供了重要依据。

总装首长对系统工程师们的评价是：

质量建设生力军，科技攻关领头羊。

从此以后，"出了问题找系工"成为大家的"口头禅"。

人大代表赵梅刚入伍时，她是遥测系统监控台一名普通的操作手。面对排排机柜和纷繁复杂的插口、线路，赵梅白天熟悉设备元件与操作程序，晚上加班学习基础理论与设备原理。

她口袋里经常装着一个笔记本，把不懂的问题记上，一有机会就向老同志们请教。

就这样，经过两个月的边学边实践，赵梅不但全面掌握了整个监控台的系统原理、操作规则、信号流程，而且还圆满完成了任务中的安全监控任务。

初战告捷，赵梅并没有扬扬得意，止步不前。执行任务中产生的一个疑惑深深地吸引住了她。那时候，遥测系统日常设备保养检修与任务中的联试联调，一般都是在给发射机加高压工作状态下进行。然而，细心的赵梅发现，在这种工作状态下检测设备，监控台工作柜上一个监测指示灯始终无法显示。

为解释这一现象，赵梅请教了几任监控台老操作手，可由于设备使用年限较长，中间又经历了几任操作手，谁也无法说清楚这一个指示灯究竟起何作用。

一次次地测试、一次次地调制，疑团始终无法解开。无意中，赵梅将发射机工作在负载而非加高压状态，这一指示灯竟然亮了！

由此，赵梅顺藤摸瓜，终于找出了设备检查调试过程中发射机的正确工作状态。这一发现不但节省时间，而且能在很大程度上避免加高压导致漏发安控指令的严重后果，从而大大提升了实战中地面安全遥控系统的性能。

后来，赵梅据此撰写了《监控台工作方式改进设想》的科研论文，提出了实现监控模拟化的初步构想。这一论文荣获原国防科工委科技进步三等奖。

为了迎接北斗卫星发射的任务，中心把某型雷达改造任务交给了赵梅。由于爱人也是中心的技术骨干，接到这一重担后，她一狠心把嗷嗷待哺的孩子送回了贵州老家。

工程师姜盛平自毕业以来，已在卫星发射结果处理组战斗了整整10年，出色完成了20多次卫星发射高速摄影任务，可他自己却从未入过记者的"镜头"。

高速摄影仪是在卫星发射负1秒到8秒这一时间段内，提供火箭飞行状态、数据及相关图像信息的唯一设备，帮助地面安全控制人员作出安控决策。

由于零部件老化，设备故障频出，性能极不稳定。姜盛平一刻也不敢懈怠，与故障较上了劲。

针对设备电气柜老化、某支路耦合器接触不良的问题，姜盛平连续奋战3个昼夜，白天在发射场坪拍摄资料、调试设备，晚上连夜冲洗胶片，并与以往资料认真进行对比，终于将故障准确定位在某电路芯片上。更换芯片，设备恢复正常。

"北斗"卫星发射任务前夕，姜盛平决心对设备同步控制系统、B码解调终端、数据采集系统、电源等主要部件实施一次大"手术"。

姜盛平家在西昌，攻关开始后，他一个月难得回一趟家。一次孩子生病，高烧到39度，他也只抽出一个星期六的时间回去看看，第二天便出现在机房。

为完成3个控制机柜中700多根走线的焊接、调试工作，他往往一大早便来到机房，一直焊到深夜，眼睛经常被松香熏得通红，有时候一不小心还把手烫出个泡。

姜盛平的工作间是中心最为艰苦的点号之一，一间房子孤零零地坐落在荒山坡上，别说吃饭，就连生活用水也成问题。

但是，就在这样的艰苦环境里，姜盛平总是把那台时常耍点"小性子"的高速摄影仪摆弄得服服帖帖，每次任务评审他的岗位总是全站第一。用他自己的话说：

为了火箭顺利腾空，我甘愿做"幕后英雄"！

就是这样一个个动人的故事，创造了中国导航卫星事业。科技人员们的努力，一定会换来丰硕的成果。

三、初尝成功

- 范本尧院士说:"和GPS等系统相比,北斗一号能够在很快的时间内建成,用较少的经费建成并集中服务于核心区域,是十分符合中国国情的一个卫星导航系统。"

- 卫星导航定位服务商北京神州天鸿科技有限公司市场部经理王永亮说:"大地震后,'北斗一号'定位系统在救灾初期担负了绝大部分通讯任务,发挥了不可替代的作用。"

- 赵康宁说:"在不远的将来,'北斗'系统不仅能为中国,也能为国外用户提供卫星导航的新选择和多重化服务。"

成功发射北斗导航卫星

5月24日21时,西昌卫星发射中心依然是暴雨如注。此时离预定的"长征-3甲"号发射窗口只剩3个小时。

在强烈灯光照射下,"长征-3甲"号运载火箭矗立于塔架上,白色的箭体在黑色的山峦和雨夜中格外显眼。雨越下越大,并且天空电闪不断,雷鸣隆隆,相比之下,火箭向天,默默无声。

雷雨是发射火箭十分不利的一种天气,特别是雷电。可以毫不夸张地说,雷雨中,加注了燃料的火箭无异于一颗巨大的炸弹。

此时,就在塔架不远处一间并不太大的屋子里,张庆伟总经理、马兴瑞副总经理等十几位领导、专家围坐在气象云图前,会商对策。

分析员紧盯屏幕,不断调出最新的图像分析云层的变化趋势。经过分析,气象人员说:"零时之后雨可能还下,但雷电会消失。"

听到这个消息,领导纷纷察看云图,所有人都焦急地等待着验证这个结论。

果然不出所料,不到23时,雷电真的消失了,雨也越来越小了。

似乎一切正在向好的方向发展，但事情往往出人意料。这时，一线传来发现异常情况的报告。听到这个情况，领导们赶快冒雨来到现场，查看情况。只见在高高的塔架上，许多一线人员开始查找原因。火箭发还是不发？在场的领导和专家们都明白，此时只有依靠科学。

周密的分析开始了，专家们在考虑一个问题，当时的异常情况是否会影响发射。经历过多次航天发射的航天专家开始集中思考电路问题。零时将至，周密考虑之后，张庆伟总经理等领导在听取专家汇报后，迅速作出可以发射的结论。

发射前的两次警报先后响起，人员快速疏散了，寂静的发射场回荡着指令声。

夜深了，卫星发射的各项准备工作按照预定的发射流程有序地进行。

……5、4、3、2、1，点火！起飞！

顷刻间，地动山摇，近300吨重的"长征-3甲"号火箭喷射出熊熊烈焰拔地而起，犹如利箭离弦。

在强烈的灯光照射下，箭体上"中国航天"4个蓝色大字分外夺目。火箭越飞越高，在湛蓝的夜空里，留下了一道绚丽的轨迹。航天人脸上洋溢着喜悦，那是得来不易的表情，是世上最美的笑容。

按预定发射计划，"长征-3甲"号火箭托举着"北斗一号"进入太空。20分钟后，由西安卫星测控中心实时传回的监测数据表明，星箭分离，卫星准确进入预定轨道，发射取得圆满成功。

这一下，西昌卫星发射基地指挥大厅才顿时像炸了锅一样，沸腾起来。有的人作出了示意胜利的"V"手势，有的人摇动着象征力量的双拳，还有人兴奋地相拥在一起。几乎每个人眼里都噙着激动的泪花，而脸庞上却是挥不去的笑容。

与此同时，在北京的北郊，"火箭的摇篮"，中国运载火箭技术研究院监测大厅里是座无虚席。从千里之外的发射基地传回的每一条信息都牵动着所有人的心，人们目不转睛地盯着大屏幕所显示出的流动数字。

成功了！

顷刻，整个监测大厅沸腾了，欢笑声、掌声此起彼伏……

中央军委委员、总装备部部长李继耐，总装备部政委迟万春、副部长胡世祥，国防科工委主任张云川、副主任栾恩杰以及航天科技集团公司总经理张庆伟、副总经理马兴瑞等领导，亲临卫星发射中心指导并观看了发射全过程。

在宣布发射取得圆满成功后，中央有关部门发来贺电，对第三颗"北斗一号"卫星发射成功表示热烈祝贺。

在全国人民抗击"非典"取得阶段性胜利的时刻，中国航天人用辛勤劳动为祖国的星海再添"北斗"。闪亮的星星在苍穹中闪烁，镌刻着中心所有参试人员的心声，只要不怕困难，万众一心，胜利永远属于中国人民。

"长征－3甲"号运载火箭和"北斗一号"导航定位卫星，分别由中国航天科技集团公司所属中国运载火箭技术研究院和中国空间技术研究院研制。在发射前的测试中，火箭、卫星的性能双双达到了历史较高水平。

这次发射是中国航天科技集团公司拥有自主知识产权的长征系列运载火箭第七十次飞行，也是自1996年10月以来长征系列运载火箭发射连续28次获得成功。同时使长征火箭的发射成功率达到90%，进入国际一流运载火箭的行列。

按照国际通行的计算标准，运载火箭发射成功率在90%以上，可以认为进入国际一流水平。据有关资料统计，美国的"德尔它"运载火箭发射成功率约为94%，欧空局的"阿里亚娜"火箭发射成功率约为93%，俄罗斯的"质子号"火箭发射成功率约为90%。

本次发射的突出特点是流程缩短、人员精简，但工作进展的顺利程度却超过了以往型号。这次发射首次对运载火箭采用了新的测试流程，将技术中心的测试工作前移至火箭出厂前，大大缩短了火箭在发射场的准备周期，使我国的火箭测发周期逐步向世界先进水平靠拢。

李祖洪总指挥认为，流程规范化在其中起了重要作用。事实证明，只要在技术上严格要求，不反复，工作完全可以按照节点一步步排下来。

这次发射，他们提出了"四查双想"，即"查地面测试设备完好性，查设计复核复算，查技术状态变化，查测试覆盖性和数据判读比对"及"工作回想、故障预想"，有力地保证了产品质量。

在这次发射前，发射队一级就开了28次评审会，加上分队召开的23次评审会，总共超过了50次，几乎每天一评审。在发射队里，最有权威的是工作目标、文件和表格，这些严格的制度像坚实的基础奠定了型号的成功，这对今后航天发射缩短流程与国际接轨将是个很好的经验。

其实，在此一年前，"长征-3甲"号火箭研制队伍就尝试开展了出厂测试替代发射场技术中心测试的工作。在出厂测试中开展了两轮共16次总检查，把发现的问题和改进的方法记录下来，固化成文件，为发射场的工作做参考。这就意味着火箭到发射场后，在技术中心的水平测试全部取消，大大缩短了测发流程。简化的测发流程为实施高密度发射奠定了基础。

通过这些工作，准确掌握了新队员的情况，为新老队员互相交流创造了条件，同时更是一种实战演习，使火箭发射中心的工作做到了有序、高效。这种以不变应万变的从容来自充分的可靠性设计。

范本尧全力设计北斗卫星

2000年10月31日、12月21日和2003年5月25日，我国北斗导航卫星先后3次发射成功。作为卫星总设计师，范本尧主持制定了北斗导航卫星方案，解决了高增量、多频段、大功率所带来的技术难关，提高了卫星的可靠性，实现了100%的成功率。

北斗导航系统是国际上首次实现的区域导航定位系统，该系统的建立和投入使用，填补了我国导航卫星领域的空白，使我国成为世界上继美俄之后自主建立卫星导航系统的国家。

2003年5月25日，我国成功发射了第三颗"北斗一号"导航定位卫星。当人们快乐地享受着卫星所带来的现代文明生活时，作为卫星总设计师的范本尧，有的却是太多的牵挂。正是为了太空中一颗颗让他梦绕魂牵的中国卫星，他付出了自己几十年的时光和全部心智。

年轻时喜欢船舶业的范本尧，做梦也想不到自己竟会和航天打上交道，而且还成了一名卫星专家。

1957年夏天，范本尧正在上海交通大学作毕业设计，却突然接到去清华大学报到的通知。

原来，为改变当时我国在工程力学方面与国外的差距，由钱学森、钱伟长等著名科学家倡导，在清华大学开办了一个工程力学研究生班。范本尧是全班40名同学中唯一被选中的，他从此踏上了攀登空间技术的征程。

不过，范本尧结缘卫星却是在他差不多搞了10年的火箭研制以后的事。一开始，他从事的是探空火箭箭体结构和储箱的设计研制工作。在参加我国第一枚探空火箭的研制工作期间，他克服了资料缺乏的困难，独立完成了我国第一枚探空火箭的结构设计和计算，首次总结和建立了一套火箭结构载荷分析计算等科学方法。

20世纪70年代，范本尧主持卫星防热工作，研制了新型防热结构，圆满解决了卫星返回防热难题，为保证我国返回式卫星的发射回收成功作出了重大贡献，该成果于1978年获全国科技大会重大成果奖。

通信卫星的出现，给人类社会插上了腾飞的翅膀。面对当时苏、美等航天大国通信卫星研制都朝着长寿命、大容量方向的发展，中国必须奋起直追。

1984年，我国成功发射了第一颗试验通信卫星"东方红-2"号。就在人们欢呼中国卫星通信新时代到来之时，作为通信卫星总体技术负责人的范本尧，却把目光盯向了更远的天空。他知道，此时，国外的卫星电视传输已十分发达，而我们的"东方红-2"号只能用作通信，还不能传输电视节目。

顶着巨大的压力，范本尧率先提出要在一年内改进"东方红-2"号卫星的性能，使中国的电视上星，以满足国内用户的急需。

两年后，经过改进后的又一颗"东方红-2"号卫星成功发射，全国一下子建起了上万个地面电视接收站，比国家原计划开通全国卫星电视业务的时间提前了两年多。

20世纪80年代中期，中国科技界围绕发展当时世界最先进的大容量、地球同步定点卫星曾发生过激烈争论，有主张买的，也有想自己造的。前者的理由是，"东方红-2甲"号只有4个转发器，所采用的技术大都比较落后，要在此基础上开发24个转发器的"东方红-3"号卫星，技术继承性只有20%~30%，而外国开发新星的技术继承性一般为70%左右。而技术继承性越低，意味着开发的风险越大。

范本尧与他的同事们还是"硬着头皮上了"。几年时间过去了，通过组织攻关、国际合作和技术引进，小到器件大到系统方案，一项又一项的新技术在一步步走向成熟。

范本尧和他的同事们研制出的我国第一代实用通信卫星"东方红-2甲"号，其通信容量比"东方红-2"号增加了8倍，寿命也增加了一倍，改变了边远地区及海防收视难、通信难的状况，使我国的通信广播事业跨过了传统的发展阶段。

科研的路并不都一帆风顺，在艰难的跋涉中，范本尧也有过痛心的记忆，1994年11月30日，在经过8年研制后，"东方红-3"号新一代通信卫星被送入预定轨道。卫星在成功地实施了第一次远地点发动机点火之后，由于姿控推力器泄漏，卫星姿态失控。虽经一个多月千方百计地挽救，又进行了两次变轨，使卫星进入3.6万公里的地球同步轨道，但终因燃料耗尽而使卫星无法定点。倾注了10年心血，升空后却不能投入使用，众人的目光都盯向了总设计师范本尧。

范本尧的压力可想而知。航天总公司组织了一些有几十年经验的老专家进行会诊，与设计师们找"病根"，并进行仿真试验。4个多月后，终于发现了问题症结。

又经过两年多的攻关，范本尧边查找分析故障原因，边完善优化设计方案，先后解决了10多个技术问题。1997年5月12日，"东方红-3"号通信卫星被稳稳地送上太空。5月20日，卫星成功定点于东经125度赤道上空。

这颗耀眼新星的升起，使我国通信卫星的性能提高了16倍，卫星研制技术达到国际同类卫星的先进水平。这标志着中国通信卫星的设计水平从此跨上了一个新台阶。也为之后的"北斗"开启了"天空"。

美国一家报纸为此发表评论："东方红-3"号卫星发射成功，标志着中国卫星研制开始真正进入国际卫星俱乐部。"东方红-3"号通信卫星获得了国家科技进步一等奖。

以"东方红-3"号卫星为基础，范本尧提出了30多项改进措施，使卫星平台更完善、更可靠，建立起了我国第一个高轨道卫星公用平台。曾有4个型号7颗卫星采用了该卫星公用平台。

据专家说,中国的北斗卫星就是基于"东方红-3"号型平台而设计的。

仰望苍穹,参加过16颗卫星发射的范本尧总爱浮想联翩,他觉得自己好像一位九天"牧星人"。

建立中国第一代导航系统

"北斗一号"第三星的准确入轨,标志着我国已成功建立了自主完善的卫星导航系统,第一代北斗卫星导航定位系统。

此次发射的第三颗"北斗一号"导航定位卫星是备份卫星,它与前两颗"北斗一号"工作星组成了完整的卫星导航定位系统,确保全天候、全天时提供卫星导航信息。

前两颗"北斗一号"卫星分别于2000年10月31日和12月21日发射升空,一颗定位于东经140度的新几内亚岛上空,处于整个星座的最东面,一颗定位于东经80度的印度洋上空,处于整个星座的最西面,这两颗静止卫星构成了中国自主卫星导航的"北斗一号"定位系统。

北斗系统为我国公路、铁路运输和海上作业提供了大量导航服务,系统工作一直很稳定,状态良好。

2003年12月15日,"北斗一号"正式开通运行,中国从而成为继美国GPS、俄罗斯格洛纳斯之后第三个拥有自主知识产权的卫星导航定位系统的国家。

导航定位很早就成为人类社会中不可或缺的一项技术。从当时的技术水平和当时可以预见的未来来看,卫星导航技术是一种比较理想的导航工具,其实质是把无线电导航台搬到太空去，因而能克服地面无线电导航台的先天不足，不受气象条件、航行距离的限制，且导航精度也比较高。

1958年美国海军开始研制名叫"子午仪"的多普勒卫星导航系统，它又称海军卫星导航系统。1960年4月13日发射成功世界第一颗卫星导航卫星"子午仪－IB"，开创了人类导航技术的新纪元。

其实，人类是在一次偶然事件中发现可以利用卫星进行导航的。1957年，美国两位科学家在跟踪苏联的第一颗卫星时无意中发现，卫星在飞近地面接收机时收到的无线电频率逐渐增高，飞远时则逐渐降低。科学家对这种现象认真研究后产生了灵感，从此，一种先进的导航技术卫星导航悄然兴起。

"子午仪"导航卫星星座由轨道面均匀分开的4～5颗"子午仪"卫星组成，可使全球任何地方的导航用户在平均每隔1.5小时左右利用卫星定位一次。其主要功用是为核潜艇和各类海面舰船等提供高精度断续的二维定位，用于海上石油勘探和海洋调查定位、陆地用户定位和大地测量等。从1960年4月到20世纪80年代初，美国共发射30多颗"子午仪"。

"子午仪"卫星也存在一些先天不足，例如，不能连续实时导航，只能提供经度和纬度二维坐标，无法给出飞机的高度和速度信息，用户须等卫星飞经头顶时才能定位，且每次定位需十几分钟，因而对高速移动物体测量误差较大等。

自"子午仪"后,美国又开始研制采用时间测距卫星导航方式的第二代导航卫星全球定位系统,即 GPS。俄罗斯自行开发了与 GPS 系统原理、功能十分类似的格洛纳斯系统。欧洲空间局也正在研制名为"伽利略"的系统。日本也打算建立区域性的卫星导航定位系统。

GPS 是美国国防部开发的星基全球无线电导航系统,它可为全球范围内的飞机、舰船、地面部队、车辆、低轨道航天器,提供全天候、连续、实时、高精度的三维位置、三维速度以及时间数据。

世界上第一颗 GPS 导航卫星于 1978 年 10 月 6 日发射,1993 年 12 月完成 24 颗卫星组网,1995 年 4 月 27 日达到完全运行能力。GPS 卫星现发展了两代三种型号,现在轨道运行的为第二代的两种型号 GPS – 2A 和 2R,卫星寿命约 7.5 年。

GPS 由空间系统、地面控制系统和用户系统三大部分组成。其空间系统由 21 颗工作卫星和 3 颗备份卫星组成,分布在 20200 千米高的 6 个轨道平面上,运行周期 12 小时。地球上任何地方任一时刻都能同时观测到 4 颗以上的卫星。

地面控制系统负责卫星的测轨和运行控制。用户系统为各种用途的 GPS 接收机,根据用途它可分为测地型、全站型、定时型、普通型和集成型,根据携带者又可分为车载式、船载式、机载式、星载式、弹载式和手持式。

GPS 接收机可装载于各种飞行器，包括导弹、炸弹、舰船、车辆或者个人手持，还可以集成于计算机、测绘仪、照相机等仪器设备中。该系统用户数量是无限的。GPS 被誉为是继"阿波罗"登月和航天飞机之后的又一重大航天科技成就。

该系统为军民两用系统。在军用系统从 1990 年的海湾战争开始到现在，美国的一切军事行动几乎都与卫星定位系统有关。

在民用领域，其用途遍及人类活动的每一个角落，可以说是极其广泛。它包括探险、登山、野外考察、航海、航空、公交车辆调度、车辆监控与防盗、动物迁徙路线追踪、输电线路雷击定位等。在我国国庆 50 周年阅兵和群众游行中，就采用了 GPS 控制游行队伍方队间隔和行进速度。

GPS 技术的出现还促进了许多传统技术的发展与突破，产生了新的技术学科和应用领域，如 GPS 大地测量、地壳形变监测、板块运动测量、GPS 气象学、3S 技术、精确农业等。GPS 技术已经发展成为多领域、多模式和多用途的国际性高新技术产业。

虽然 GPS 已广泛应用，但也绝非完美无缺。例如，其规模太大、造价太高，其他国家很难效仿，俄罗斯和欧洲空间局就是典型的例子。GPS 只能导航，无法通信，因而不能满足日益增长的用户需求，如果仅依赖 GPS，则容易受美国控制，那么，有没有解决这些问题的新方法呢？中国的"北斗"开辟了一条新途径。

俄罗斯的格洛纳斯与 GPS 大同小异，1995 年俄罗斯耗资 30 多亿美元，完成 24 颗中高度圆轨道卫星加 1 颗备用卫星组网。它也由 24 颗卫星组成，原理和方案都与 GPS 类似，但格洛纳斯未达到 GPS 的导航精度。其应用普及情况远不及 GPS。另外，格洛纳斯卫星平均在轨道上的寿命较短，且由于经济困难无力补网，原来在轨卫星陆续退役，当时在轨道上只有 6 颗星可用，不能独立组网，只能与 GPS 联合使用。

2003 年的伊拉克战争对俄罗斯产生了相当大的震动，迫使俄罗斯领导层再次对太空的军事用途重视起来。按俄罗斯航宇局局长科普捷夫的说法，俄罗斯正在和包括中国在内的国家和组织进行商谈来共同恢复格洛纳斯，希望到 2011 年该系统将完全恢复。

我国第一代卫星导航系统于 1994 年批准建设，2000 年建成，耗资 23 亿元人民币。中国第一代导航系统，英文简称 BD，由"北斗"两字汉语拼音的头一个字母组成。在自然界，北斗星由 7 颗亮星组成，形似斗勺，"勺"头的两颗星指向北极星，当夜晚迷失了方向的人们只要抬头找到它们，也就"找到了北"。中国古人更是用其"定位"日期和四季、生产生活。

该系统由 3 颗采用"东方红－3"号卫星平台的卫星和地面系统组成，卫星运行在 3.6 万公里高度的地球静止轨道上。

该系统采用双星定位原理，用两颗卫星组建导航系统是我国著名科学家陈芳允院士与美国吉奥星公司同时提出的，但美国和欧洲的公司在这方面的研制工作均失败和破产了，而中国首先实现了这项卫星导航定位的创新工程。

"北斗"一代卫星工程可为我国及周边地区时速低于1000公里的用户提供定位、报文通信和授时服务，定位精度20米，可支持30万个用户使用。

中国"北斗"系统的功能是监控救援、信息采集、精确授时和导航通信。具体可广泛应用于船舶运输、公路交通、铁路运输、海上作业、渔业生产、水文测报、森林防火、环境监测等众多行业。它在我国西部和跨省区运营车辆、沿海和内河船舶，水利、气象、石油、海洋和森林防火，通信、电力、铁路和交通，公安保卫、边防巡逻、海岸缉私和交通管理等方面正在发挥着重要作用。

另外，"北斗一号"系统在部队训练、执勤、武器装备试验等军事斗争准备和抢险救灾中发挥了积极作用，初步满足我军对导航定位的基本需求。

经国务院、中央军委批准，"北斗一号"系统全面对民用开放，由总参谋部测绘局负责系统运行维护、资源调配使用管理。

本着"先区域，后全球"的思路，"北斗一号"在国际上首次实现区域性卫星导航，覆盖中国本土及周边，通过空间卫星、地面控制中心站和用户终端三部分即可完成定位。

与美国GPS和俄罗斯格洛纳斯的"无源定位"不同，中国的北斗导航系统采用的是"有源定位"，对所有用户位置的计算不是在卫星上进行的，而是在地面中心站完成，也不直接从卫星上接收信号，而需要地面中心站把卫星信号"转送"给终端用户，因此，地面中心站可以保留全部北斗用户的位置及时间信息，并负责整个系统的监控管理。

北斗导航卫星总设计师、中国空间技术研究院研究员范本尧院士说：

和GPS等系统相比，"北斗一号"能够在很快的时间内建成，用较少的经费建成并集中服务于核心区域，是十分符合中国国情的一个卫星导航系统。

并且"北斗一号"还具备了一项GPS和格洛纳斯所没有的功能——通信。

用户与用户、用户与中心控制系统间均可实现简短"数字"通信，用户一次可传输120个字符左右，尤其是在手机信号覆盖不到的边远地区或海上，北斗卫星导航系统可以发挥传递手机短信的作用。

GPS等是一个接收型的定位系统，只转播信号，用户接收就可以做定位了。但"北斗"一代是双向的,既可以让用户知道自己所处的位置,又可让别人知道用户的位置。不仅定位"我在哪儿",还能解决"你在哪儿"的感知问题,并可以高效快捷地实现"我"和"你"之间的信息传递。这无疑给沙漠、海洋救援等诸方面带来极大的便利。这在一定程度上弥补了国外电源系统在此方面的缺陷。

范本尧院士说:"如果出租汽车公司把车撒在外面,装上 GPS 系统只能对车辆本身进行定位,老板却看不到车在哪儿;装上我们的'北斗'系统,他就能看到公司所有车辆在国内的具体位置,以及过去一段时间以来它们的行驶轨迹,也便于及时地调度。"

我国的北斗卫星导航定位系统虽在建成时间上晚于美俄两国,尽管它不能在全球范围实现高精度的实时导航定位功能,但具有适合中国国情的特点,如周期短、投资少、具备特色功能等。

"北斗一号"是世界上第一个区域性卫星导航系统。与全球性的系统相比,它能够在很快的时间内建成,用较少的经费建成并集中服务于核心区域,是十分符合我国国情的一个卫星导航系统。

美国的 GPS 系统,由 30 颗在轨卫星组成,其中 4 颗为备份星。它们均匀地分布在 6 个轨道上。GPS 是一个接收型的定位系统,只转播信号,用户接收就可以定位,不受容量的限制。

"北斗一号"属于主动式的。就是说,"北斗一号"是用户先发射需要定位的信号,通过卫星转发至地面控制中心,地面控制中心解算出位置后再通过卫星转发给用户,而 GPS 和格洛纳斯只需要接收 4 个卫星的位置信息,由自己解算出三维坐标。这是因为"北斗一号"本身是两维导航系统,仅靠两颗星的观测量尚不能定位,观测量的取得及定位解算均需在地面中心站进行。

"北斗一号"区域卫星导航系统具备在中国及其周边地区范围内的定位、授时、报文和 GPS 功能。但由于该系统用户无法保持无线电静默,也无法在高速移动的平台上使用,"北斗一号"系统不适合用于军事用途。

中国的"北斗一号"系统,与美国和俄罗斯的全球导航卫星尚有较大的差距。"北斗一号"定位系统只能覆盖中国和周边一些国家和地区,是区域性而不是全球性的,它只是在亚太地区。美国和俄罗斯的导航卫星则是全球性的。

"北斗一号"开通以来,为中国以及周边地区交通运输、渔业、勘探、森林防火等领域提供有源服务,累计提供定位服务 2.5 亿次,系统运行的可靠性达到了 99.98%。

2008 年,北斗导航系统表现最为抢眼。在汶川抗震救灾中,"北斗一号"全力保障了救灾部队行动,奥运会期间,北斗系统与 GPS 系统共同承担相关保障任务,北斗导航系统首次参加神舟飞船飞行试验任务,成为"神舟七号"返回舱着陆场系统空中指挥平台的一大亮点。

全球普遍使用的 GPS 的运用自主权并不在中国,在某些情况下无异于受制于人,美国可以随时关闭系统或者降低系统使用的精确度。

"北斗一号"的成功发射,标志着我国以自主研制的北斗导航定位系统为基础的卫星导航定位产业也在迅速崛起。可以进一步打破美国独霸全球卫星导航定位市场的局面,将有利于这个新兴市场的进一步发展。

北斗系统已经产生了显著效益,尤其适合于同时需要导航与移动数据通信的场所,如交通运输、调度指挥、有关地理信息系统的实时查询等,进一步促进中国导航应用市场的快速发展,满足大批量用户机的迫切需求。该系统的实际有效范围比预想的还要广。

北斗导航系统将在太空中运行 8 年,是我国第一个持续发挥作用的空间系统。根据我国的需要,今后还将建立其他几个系统,使数据的传送更加连贯,同时让我国的航天为国民经济发挥更大作用。

此次组建第一代卫星导航系统之后,我国将着手准备第二代卫星导航系统的建设。第二代系统将更符合国际发展趋势,许多新技术的应用将使该系统的功能更加完善。第三颗"北斗"不仅作为备份星在第一代系统中服役,还将试验第二代导航系统的关键技术。

一位导航卫星应用专家预测说,到 2008 年北斗导航定位系统将会有 30 万个用户,直接产值将达到 35 亿元人民币，相关产业的经济带动将是其直接产值的 10 倍以上。其盈利点主要包括"北斗"终端用户机的销售，各种各样的应用系统建设，"北斗"运营服务费的收取等。

我国的北斗卫星导航技术有限公司现正在为海南岛的渔业船舶设计监控和管理系统。该系统建成后，一方面可以在渔船出海后，遇到台风等恶劣天气时对渔船进行实时控制，遇险后及时搜救渔船。另一方面，可防止渔船漂至公海或其他国家海域，与其他国家发生冲突。此外，渔民可以在海上进行期货交易，大大提高渔业交易水平，促进渔业生产的发展。

"北斗一号"卫星导航定位系统是我国独立自主建立的卫星导航系统，它的研制成功标志着我国打破了美、俄在此领域的垄断地位，解决了中国自主卫星导航系统的有无问题。

随着第三颗"北斗"的上天，与北斗卫星导航定位系统相关的民营运营商代理条例也将出台。

北斗卫星抗震救灾显神通

2008年5月12日14时28分，8.0级地震把中国四川省汶川的通信设施全部摧毁了，这座县城一时间"音信皆无"。

当晚，首批武警官兵进入汶川境内，他们通过携带的"北斗一号"民用级终端机连夜陆续向后方救灾指挥部发出实时灾况。

位于北京的卫星导航定位指挥控制中心也监测到，配备了"北斗"的部队正徒步急进。由于这些救灾官兵大都没有装备海事卫星电话，加上地处山区，无线电台联络不畅，有的侦察分队向前突进后，"北斗一号"终端机成了唯一的联络工具。

一支救援小分队进入山区后，与后方失去联系30多个小时，因他们也带了"北斗一号"终端机，北京的卫星导航管理中心及时对其进行定位，通知部队派人接应，最终还带出500多名受困灾民。

"北斗一号"卫星导航定位服务商北京神州天鸿科技有限公司市场部经理王永亮说："大地震后，'北斗一号'定位系统在救灾初期担负了绝大部分通讯任务，发挥了不可替代的作用。"

在四川发生地震期间，人民解放军总参谋部测绘局、中国卫星导航应用管理中心等有关方面紧急调拨各型"北斗"设备1000余台，配送到抗震救灾指战员手中，实现了各点位之间、点位与北京之间的直线联络。

中国卫星导航定位应用管理中心常务副主任赵康宁说："在灾区通信没有完全修复、信息传送不畅的情况下，各救援部队利用'北斗一号'及时准确地将各种信息发回。"

救灾期间，"北斗一号"每天为救灾一线提供定位服务近7万次，短文通信近3万条。由于采用卫星和地面控制中心复合定位技术，"北斗一号"用户在知道自己地理坐标的同时，控制中心也知道他们的具体位置。

双向通信又能让其随时向总部报告灾区的情况，申请救援物资，同时也方便了指挥中心对救援部队的调度。

在开进途中，如新发现被困灾民，便可通知指挥中心增派人员，需直升机运送伤员时，则能将空地位置、周边天气状况一一报告。

北斗导航走进百姓生活

不少人确实发现"北斗"离自己的生活很近，通过它似乎不再有什么看不到的角落。"导航卫星如同广播电台，大家开的每辆车就像是收音机。"中国卫星导航工程中心副主任冉承其曾在上海"国际导航产业与科技发展论坛"上如此比喻天上"北斗"卫星和地上普通市民的关系。

冉承其自己的汽车上就安装了一台北斗卫星导航系统实时交通导航仪，他说，"北斗"有一些GPS系统所没有的长处，如在静态地图的基础上，可以把道路拥堵的实时情况在导航仪上反映出来。

冉承其说："卫星导航系统'一眼'就能看出车辆所处的位置，并通过车载屏幕告诉车主。同时呢，城市的即时交通信息也会出现在屏幕上，红黄蓝等原本只能在高架重要路口才能看到的提示信息将第一时间显示，使得人在车中就可知晓每条他想要去的道路的路况。如果此刻是红色，显示前方道路拥挤，市民便能提前作出判断绕道而行，节省宝贵的时间，还可以减少能源消耗和空气污染。"

2008年，北斗卫星导航系统实时交通导航仪在服务于奥运会期间的地面交通发挥了重要作用。北京城堵车的状况不是短期内能够解决的问题，因此。实时交通导航成为缓解交通拥堵的方法之一，这也正是导航产业争夺最激烈的领域之一。

自 2003 年 12 月 15 日正式开通以后，一批应用示范项目带动并加速了"北斗"应用和产业化进程，涉及水利水电、海洋渔业、交通运输、气象测报、国土测绘、地质勘探、减灾救灾、旅游、公共安全和国防建设等领域，牵引推动了电子、通信、机械制造、地理信息等相关产业和信息服务业的发展，取得了显著的经济效益和社会效益，与普通人的日常生活联系日益密切。赵康宁说：

> 在不远的将来，"北斗"系统不仅能为中国，也能为国外用户提供卫星导航的新选择和多重化服务。

而据有关部门预测，到 2010 年，中国导航产业的总产值将达到 500 亿元人民币。但是，其中大部分为 GPS 卫星导航车辆监控终端、GPS 芯片和模块等，北斗卫星导航产品和系统只占其中很少的一部分。

随着中国移动通信市场和汽车市场的发展，到 2020 年，作为导航卫星应用的主流市场，中国这两大市场的规模将占世界很大份额。

发射"北斗一号"第四星

2007年2月3日零时28分，中国在西昌卫星发射中心用"长征－3甲"号运载火箭，成功将第四颗北斗导航试验卫星送入太空。

发射约24分钟后，星箭分离。西安卫星测控中心传来的数据表明，卫星准确进入预定轨道。这是中国航天2007年第一次卫星发射，也是"长征"系列运载火箭的第九十五次飞行。

2007年发射的第四颗"北斗一号"导航卫星，是为了替换退役的北斗第一、第二颗卫星，北斗系统开始重新激活。不久，中国又成功发射了第一颗中轨道导航卫星，标志着北斗系统在技术和规划上的重大突破，这是中国在从欧盟"伽利略卫星导航计划"中抽身后的重大举措。

中国与欧盟的合作在中国北斗一代系统组网后就开始了。2003年年底，在中方实际完成了区域导航系统"北斗一号"之后，中欧草签合作协议。2004年中欧正式签署技术合作协议，中方承诺投入2.3亿欧元的巨额资金，第一笔7000万欧元的款项很快就打到欧方账户上。

"9.11"恐怖袭击改变了美国，而伊拉克战争则改变了欧洲。2003年，欧洲处处弥漫着反美反战情绪。美国执意执行他们的单边主义外交政策，完全不顾国际社会反对，悍然发动伊拉克战争，这让欧洲人感受到了"单极世界"引起的潜在危险。时任法国总统的希拉克，主张建立"多极化世界"，他的呼声得到时任德国总理施罗德的坚决支持。

而当时中国早在几年前，在区域卫星导航和定位系统上就已有长足发展，2000年相继发射了两颗静地轨道的导航实验卫星，2003年4月又发射了第三颗静轨道卫星，基本形成了覆盖全中国的区域导航和定位系统，这一系统被称为"北斗一号"。

不过当时的北斗系统尚属实验开发阶段，其技术参数落后于GPS，也落后于2002年欧盟决定启动的"伽利略"系统，而且更重要的一点是，"北斗一号"只属于区域性，其商用价值并不高。

尽管"北斗一号"水平尚低，但已证明了中国具备研发更成熟的全球导航定位系统的实力。中国还有过与美国等国家合作大飞机、军用直升机等大项目的经历，尽管中国从中得到的教训很深，但中国还是决定暂时搁置了自己独立研发导航卫星的计划，与欧洲展开合作。

欧洲把中国纳入，不仅使欧洲一些国家的领导人赚足了政治资本，也使"伽利略"计划捉襟见肘的财政状况得到极大缓解，更给"伽利略"进入中国诱人的市场打下了基础。

中国与欧盟合作，既有战略利益也有实际的好处。有专家认为，中欧在高端技术上的合作，实质上打破了美国主导的欧洲对华武器禁运，这也相当于废弃了针对中国这样特定国家的欧美武器贸易条例，为最终从法律层面解除对华武器禁运撕开了一个口子。

2003年到2004年是中欧"伽利略"计划的蜜月期。欧洲人基本不理会美方要求中欧"分手"的压力，中国也承诺投入巨资，中欧在国际政治经济舞台上相互支持，各取所需，共同反对美国的单边主义。

中欧合作，立即震惊了美国上层。由于卫星导航在现代战争中扮演越来越重大的角色，美国也不甘示弱，他们甚至扬言，美国如感觉受到威胁，则有权摧毁"伽利略"卫星。

一直以来，美国的全球卫星定位系统GPS在民用导航领域独步天下，即便同时代有俄罗斯的"格洛纳斯"系统与之竞争，但"格洛纳斯"年久失修，导航卫星残缺不全，早已淡出国际市场，根本不具备与GPS一比高下的能力。

欧盟发起的"伽利略"全球卫星导航计划，被认为是结束美国"独霸"局面的最有力挑战。按设计，"伽利略"将一共由30颗中轨道和静轨道导航卫星覆盖全球，在兼容性和精确度等设计方面优于GPS。

"伽利略"是世界上第一个基于民用的全球卫星导航定位系统，定位精度达到1米级，远高于2003年美国

GPS 的定位能力。一位军事专家形象地比喻说，GPS 系统只能找到街道，而"伽利略"可找到门。

为了打破 GPS 的垄断地位，"伽利略"的"公共管理服务"系统拟使用的频率故意选择了与美国 GPS 相近的频率，这样的安排有可能冲淡 GPS 的频道效果，令美国人坐立不安。

2005 年，"伽利略"首颗中轨道实验卫星"GLOVE－A"搭乘俄罗斯"联盟"号运载火箭顺利升空。虽然这只是一颗实验性卫星，并非是要最终布置的 30 颗导航卫星之一，但"GLOVE－A"的发射，标志着欧盟"伽利略"计划从设计向运转方向转变。

然而，进入 2005 年，欧洲政治开始转向，之前的德国总理施罗德黯然退隐，由来自右翼政党的亲美政治家默克尔担任德国新总理，而法国也进入了领导人交替的时代，希拉克的影响力逐渐下降，亲美政治人物尼古拉·萨科齐于 2007 年开始担任法国总统。

亲美政治人物纷纷上台，使欧盟致力于建立"多极世界"的愿望变得暗淡，欧洲迅速向美国靠拢。在这样的背景下，欧洲航天局与美国"修好"，同意修正之前拟定的与美国 GPS 相近的发射频率，以便投入使用后产生信号冲突的可能性降至最低限度，但这样的技术重新修正，却花掉了预算之外的一大笔钱。作为回报，美国同意在技术上支持"伽利略"的开发。

恰恰在这个时候，欧盟为"伽利略"计划的财政和利益分配吵成一团，也是从这个时候开始，欧盟开始排挤中国。欧洲媒体习惯宣传中国的"黑暗面"。欧洲选民并不了解，真正的中国是一个比他们想象中更加富有、开放、多姿多彩和充满活力的国家。

在这样的政治氛围下，欧洲人一方面轻视中国，把中国伙伴看成配角，另一方面却对中国提出更高的物质要求。

眼看着投入巨额资金，却得不到与之相称的对待，甚至待遇还低于没有投入一分一厘的其他非欧盟国家，如印度等国，这令中国大为不满。

中国不但进不到"伽利略"计划的决策机构，甚至在技术合作开发上也被欧洲航天局故意设置的障碍所阻挡，中方除了获得一个参与人的"好名声"之外，其他一无所得，反而要担负巨额资金投入，这样的尴尬结局令中方非常不满。

本来中国诚心与欧盟合作，一开始就定位北斗为区域导航系统，给"伽利略"计划留下了毫无保留的施展空间。但是，事与愿违，欧方骨子里并没有放弃轻视中国、压制中国的心态，合作不到几年，短暂的"蜜月期"一过，中欧双方就合作开发问题常生冲突，中国抽身离去，留下为经费吵成一团的欧盟各国。中国只好重新开始自己的导航卫星之路。

由于欧洲人"内耗期"来得很快，这给中国快速转身提供了可能。以往中国很多与美国、欧洲合作的大项目都是周期长，最后又以失败告终。这样关系国家战略安全的大项目合作不但牺牲了中国的科研力量，致使大量科研人才外流，还浪费了中国自己并不宽裕的研发资金，教训深刻。

在这样的背景下，中国开始把注意力转移到沉寂数年的北斗系统上。经过重新激活，"北斗一号"系统进入正常运作。

"北斗一号"系统服务区由东经70°至东经145°，北纬5°到北纬55°，覆盖中国和周边地区，包括战略敏感区域，诸如台海、南沙等区域。

从2003年我们"北斗一号"系统投入使用以后，它对军队通信指挥、导航定位，包括侦察监视、毁伤评估、后勤补给、战场救护都有显著帮助。

但是，"北斗一号"系统是双星定位，这就有一些问题，它的运作必须有一个收发的过程，在这个过程中就很容易受到外来干扰，而像GPS则只收不发，就比较安全，保密性也较好。

另外，"北斗一号"系统是区域导航系统，这就在一定程度上影响了它作用的发挥。因此，中国急需"北斗"二代的问世。

四、再创辉煌

- 2006年11月，中国对外宣布："将在今后几年内发射导航卫星，开发自己的全球卫星导航和定位系统。"

- 国防大学战略教研部副主任、战略研究所所长金一南少将表示："及早发射'北斗二号'系统，让'北斗二号'系统尽早投入使用，其重要意义和紧迫性甚至超过载人航天和'嫦娥'登月工程。"

- 中国全球定位系统技术应用协会咨询中心主任曹冲研究员说："'北斗二号'就是国产的GPS，只要现在GPS应用的地方，我们的'北斗二号'就能应用。"

谢军勇敢面对北斗事业

2004年,谢军已经成为"北斗二号"卫星系统的总设计师。仰望蓝天,在浩瀚的宇宙中曾飞翔着10多个他参与研制的卫星和飞船,那是他已经走过的生命历程。俯首案头,"北斗二号"卫星系统工程的重大专项正等待他和他的同事继续谱写中国航天的辉煌。

1982年,谢军从国防科技大学毕业,踌躇满志地踏进了504所的大门,这时的谢军并没有意识到,他将把自己一生的精力奉献给祖国的航天事业。504所的熏陶使年少的谢军逐渐走向成熟,也给谢军的一生打下了坚实的基础。

谢军在504所担任所领导后,积极地学习国内外公司的先进管理经验。谢军刚任所长就面临着严峻的质量形势。他与所领导班子成员统一思想,分析所内现状,开展质量整顿,强化"质量是航天的生命,质量是504所的生命"的工作理念,采取多种措施查漏补缺,改进管理。

作为"北斗二号"卫星系统的总设计师,面临很多以前从未遇到的难题:

第一,"北斗二号"卫星工程是一个多星组网的系统,整个系统发挥效应必须要求多星在轨、连续稳定、可靠工作。这就要求卫星的研制周期短，批量生产，密集发射。密集发射涉及生产能力和长寿命的问题，对于我国卫星研制的现状，这将是一个很大的考验。

第二，"北斗二号"卫星工程的一个关键性技术就是要求各种信息连续稳定服务于用户，产品的长寿命高质量，指标的稳定、完备，不允许任何一个小部件出问题。任何一个部件有了问题，就要造成这颗卫星中断，导致这颗卫星不可用，整个网络系统就会受到影响，网络系统重新恢复服务起来需要相当长的时间。产品的长寿命高可靠需要在研制过程中做好每一件事，不放过任何疑点和问题，严慎细实。

第三，在整个"北斗二号"卫星工程的技术方案上，特别是卫星系统中采用了许多新技术、新器件、新工艺，还有一些技术问题需要攻关和不断验证，也存在一系列的协调问题。由于需求的迫切性和发展的要求，大量的研制工作需要一步一步地推进。

第四，承担"北斗二号"卫星系统的研制人员队伍非常年轻，系统知识和工程经验有待补充和提高。面对这些难题，他和他的同事仔细研究立项之前的论证材料，更加深入地论证新技术系统，希望找到最优的解决方案，在系统方案的正确性、产品的可靠性、设计与技术指标要求的符合性、用户技术要求复核及研制工作的基础稳固性等方面进一步工作。

面对现实，谢军常常感到自己压力很大，"北斗二号"卫星系统是国家计划重大投资项目,时代选择了他,责任选择了他,所以他已经没有退路了,只有玩命地干。

说起干活儿,谢军真是"拼命三郎",即使工作再辛苦,他也从来没有觉得工作累,主要是因为他真心喜欢他从事的事业。他常常和他的同事说,喜欢干这个事情的时候你就不觉得它苦、不觉得它累。

谢军也常常和航天系统外的朋友说航天人"苦",这种"苦"不是简单说工作强度大、经常加班的"苦",主要是指航天人要顶着方方面面的压力,把国家交给我们这么重要的任务保质按时完成好。如果干不好,给国家造成的损失是不堪设想的,对他自己来说更是不可容忍的。

虽然面对巨大的压力,各种事情纷繁复杂,但是现在的谢军已经不是当年那个初出茅庐的小伙子,他能够顶住压力,沉着应对难题。要处理的事情多如牛毛,但是他依然秉承一贯的认真劲儿,从小事做起,严抓细节。取他山之石,学习其他型号的管理经验和先进技术,换一个角度看问题,找思路。

从2004年起两年多的时间里,谢军和同事们细化了各种卫星的方案设计,大胆进行流程再造,充分采用数字化等工作方式,先后完成了结构星、热控星和两颗电性星,并与地面系统进行了多次对接试验,获得了"北斗二号"卫星系统新技术体制的大量宝贵数据,证明了设计的可行性和正确性。

同时，在研制过程中针对"北斗二号"卫星系统的特点，谢军与质量经理、可靠性人员等一起，仔细学习"1+6+2"的可靠性培训教材，有针对性地起草下发了《北斗二号卫星初样可靠性专题计划》，对型号可靠性工作进行详细的策划，并组成可靠性工作小组和软件工程化小组，自己担任组长，开展工作，进行可靠性复核复审。

在布置复核复审工作中，谢军结合自己的工作体会，制定专门的表格，并对每个分系统的报告严格审查，对单机产品报告中的问题绝不放过，确保设计的正确性，确保产品的可靠性。

工作问题上，谢军是一个严肃的领导，但是生活中，他真诚地对待每一位朋友、家人。这就是谢军，满怀对航天事业的激情与热爱，无私奉献，踏踏实实工作，他怀抱赤子之心，善对他人，认认真真生活。

中央批准北斗二代立项

2004年8月31日，经国务院、中央军委批准，中国拥有自主知识产权的"北斗二号"卫星导航系统立项建设，当时准备在2008年前后建成。

"北斗二号"卫星导航系统空间段由5颗静止轨道卫星和30颗非静止轨道卫星组成。不过由于当时中国刚刚加入"伽利略"计划，所以北斗二代并未真正执行。

不过欧盟很快暴露出他们对中国的歧视态度，这使参与欧洲"伽利略"卫星导航系统的计划受挫，中国决定"单干"。

2006年，国家将北斗导航系统列为《国家中长期科学和技术发展规划纲要（2006—2020）》的16项科技重大专项之一，并将"北斗二号"卫星导航工程纳入重大专项建设。按照先区域、后全球的建设思路，一期工程由12颗卫星组成，建成区域导航系统，二期工程由35颗卫星组成，建成全球导航系统。

2006年9月，国务院批复成立了中国第二代卫星导航系统重大科技专项领导小组，总装备部为组长单位，成员单位包括原国防科工委、科技部、国家发展改革委员会、财政部、总参谋部、原信息产业部、交通运输部、教育部、中国科学院等。

2006年11月，中国对外宣布，将在今后几年内发射导航卫星，开发自己的全球卫星导航和定位系统，到2007年年底，有关覆盖全球的"北斗二号"系统计划已经浮出水面。

我国的"北斗二号"全球卫星导航定位系统是建立在"北斗一号"区域卫星导航系统基础上的。据估计，2009至2010年，北斗卫星导航定位系统将再发射10颗左右卫星上天，基本具备运行能力，满足国内陆地、海洋、航空测量导航等方面的需要。

剩下的20颗左右卫星，将在2020年以前发射，最终在2015年到2020年建成一个由30多颗卫星组成的全球导航系统。

"北斗二号"卫星导航系统将克服"北斗一号"系统存在的缺点，同时具备通信功能，其建设目标是为中国及周边地区的我军民用户提供陆、海、空导航定位服务，促进卫星定位、导航、授时服务功能的应用，为航天用户提供定位和轨道测定手段，满足武器制导的需要，满足导航定位信息交换的需要。

国防大学战略教研部副主任、战略研究所所长金一南少将在接受中央台记者专访时表示，建立中国自己的全球导航定位系统，无论军用还是民用，无论发展国家的经济还是维护国家安全，都具有极为重要的意义。及早发射"北斗二号"系统，让"北斗二号"系统尽早投入使用，其重要意义和紧迫性甚至超过载人航天和"嫦娥"登月工程。

卫星导航系统是当时世界最具发展前景和广泛带动性的高科技领域之一，也是国家综合国力、核心竞争力与科技创新能力的重要标志和集中体现。

世界各主要国家对卫星导航系统的发展和建设都极为重视，美国和俄罗斯相继建成全球卫星导航系统 GPS 和格洛纳斯，且正在进一步实现其现代化。

美国正在实施新一代的 GPSIII 计划，不断提高系统精度和抗干扰、抗攻击以及反利用能力，极力保持其霸主地位。俄罗斯克服经济困难，坚持全面恢复完善和自主控制格洛纳斯。

欧盟虽然作为美国盟友，但是坚持建设独立的"伽利略"系统，计划在 2013 年建成。此外，印度也在积极参与"伽利略"计划，并已经取得了格洛纳斯军事服务使用权，同时仍在筹建独立自主的区域卫星导航系统。日本通过建设 MSAS 和 QZSS 两套区域 GPS 增强系统来谋求自主卫星导航能力。

GPS 系统是美国的，其他国家用起来就不可能很放心，并且欧盟就因为吃过美国这方面的亏，所以才下决心搞自己的"伽利略"计划的。考虑到我国未来的安全，中国也要建立自己的全球卫星导航系统，北斗二代就是这样的一个全球系统。

其实，中国在使用美国 GPS 系统中早就出现过问题。那是在伊拉克战争期间，我国中远公司一条远洋货轮通过马六甲海峡驶入了印度洋。当时从马六甲海峡出来不远，就被美国舰船拦船检查。

当时中方拒绝，我方宣称：因为你们美国在伊拉克作战，你可以划出你们的临检区，但是你不能把整个印度洋都划成你的临检区吧。所以，中国的这条远洋货轮没有听从美方停船检查的要求，继续前行。

但是我国的这条船刚走了不久，就发现船用 GPS 失效了，没有了 GPS 引导，船只无异于失去了眼睛，船往什么地方开呢？只好停下了，当时船长以为是 GPS 出了问题，派技术人员来检查，检修，看仪器设备，就是查不出什么问题。后来才明白是美国海军对我国的船只 GPS 系统进行了局部屏蔽。因为 GPS 信号是美国卫星发出来的，所以他们就能这样做。

所以，我们国家要想真正安全，就必须建立自己的导航系统，北斗二代是中国未来必须发展的卫星事业。

召开导航定位专家论坛

2008年12月18日至20日，在北京中苑宾馆，举行了中国全球定位系统技术应用协会2008年会暨导航定位产业技术进步与创新专家论坛。

论坛上传出消息，北斗卫星导航定位系统12颗卫星2009年前后上天，我国卫星导航定位产业进入了一个前所未有的快速发展期。

本次大会由中国全球定位系统技术应用协会、国家遥感中心、中国卫星导航工程中心、武汉大学等单位主办。

科技部原部长徐冠华出席会议并讲话，全国政协原副主席胡启立发来贺信，全国政协原副主席王文元发来书面发言，中国卫星导航工程中心副主任冉承其，总参测绘局副局长申慧群，中国工程院院士刘经南、宁津生出席开幕式。

12月19日至20日，大会举行了高端论坛、专家论坛及新技术新产品展示交流会。中国全球定位系统技术应用协会在大会期间召开了四届二次理事会，审议了有关事项。

来自全国测绘、遥感、航空航天、交通、汽车、地震、气象、国土、城建等领域和大专院校、科研院所的

200多名代表参加会议。

国家测绘局局长徐德明出席会议并讲话。

徐德明指出：

国家测绘局作为测绘行政主管部门，在推动导航定位等地理信息产业发展中具有重要责任。

要以服务国家"保增长、扩内需、调结构"为中心，尽快制定引导和规范地理信息产业发展的有关政策，完善测绘与地理信息标准，大力推动技术自主创新，加快建设地理信息公共服务平台，实施地理信息产业示范工程，推动地理信息产业基地建设，引导更多社会资金投入，支持企业做强做大，推进产业规范化、规模化发展，切实提高地理信息产业对国民经济发展的贡献率。

中国全球定位系统技术应用协会有关负责人在会上介绍说：

进入21世纪以来，我国卫星导航定位产业发展迅猛，现已形成了从天线接收、芯片制造、软件编制、电子地图制作到终端设备制造与运营服务的一个完整产业链，涌现出一大批专业从事卫星导航定位接收机硬软件研制和生产、导航电子地图生产、车载导航系统集成等业务的企业和研究单位。

卫星导航定位技术在经济社会发展中的应用越来越广泛，从基础测绘、工程勘察、数字城市、数字区域建设到资源调查、国土规划、交通运输、地震监测、公共安全与应急管理等众多领域，成为继蜂窝移动通信和互联网之后的第三大 IT 经济新增长点。

2003 年，我国自主建成了"北斗"一代卫星导航定位系统，为中国及周边地区的交通运输、渔业、勘探、森林防火等领域提供了服务。在四川汶川大地震抢险救灾中，"北斗"导航定位系统在常规通信中断的情况下，为救灾部队提供导航定位服务，向指挥部实时传递最新灾情。该系统还在北京奥运气象监测中发挥了重要作用。

在 2007 年和 2008 年两年间，我国移动通信产业、汽车产业和智能交通业高速发展。到 2008 年年底，我国拥有 6 亿手机用户，汽车年销售突破千万辆。车载导航、手机定位、个人位置服务、现代物流等新型服务业的兴起，使导航定位产品开始步入千家万户，卫星导航定位产业由此进入一个快速发展期。

有关数据显示，2007 年我国卫星导航应用与服务产值已达 400 亿元，导航定位终端社会总持有量超过 1000

万个，与 2000 年相比增加 10 多倍；导航电子地图覆盖 31 个省级行政区划单位、333 个地级行政区划单位、2858 个县级行政区划单位，覆盖公路里程总量达 170 多万公里，占全国公路里程的 95% 以上。

据中国卫星导航工程中心有关负责人说：

> 2009 年前后我国将再发射 12 颗"北斗"导航定位卫星上天，2010 年"北斗"导航定位系统即可为我国及周边地区提供基本服务，在此基础上逐步发展到为全球服务。

这标志着我国已成为继美国、俄罗斯和欧洲之后自主研制建立卫星导航系统的国家。

开启北斗导航新的里程碑

2007年4月14日凌晨,四川大凉山群山环绕中的3号发射场灯火通明,聚光灯下,倚天屹立的发射塔架拥抱着乳白色的星箭组合体,箭指苍穹,蓄势待发。

星是中国自主研制的北斗导航卫星,箭是中国"长征-3甲"号运载火箭。

3号发射场的发射塔架经过全面改造升级后,首次投入使用,即将开始它的航天发射征程。

上半夜淅淅沥沥的几阵春雨过后,发射场周边山峦如洗,夜色中露出清晰的轮廓,空气中飘浮着浓浓的春的气息,头顶上方的天宇中,群星正不停地眨巴着眼睛,似乎是在呼唤中国北斗导航卫星快点儿加入它们的行列。

虽是凌晨时分,虽是乍暖还寒季节,但发射场四周的山坡上还是挤满了黑压压的人,他们翘首以待激动人心时刻的到来。

……5、4、3、2、1,点火!起飞!

4时11分,发射场01号指挥员铿锵有力的口令声划破凌晨的静谧,"长征-3甲"号运载火箭随即喷射出橘红色的熊熊烈焰,在惊天动地的呼啸声中冲天而起,托举着北斗导航卫星直上九霄。

约 14 分钟后，星箭分离。西安卫星测控中心传来的数据表明，卫星准确进入预定轨道。

西昌卫星发射中心负责人宣布，本次发射取得圆满成功。话音刚落，首次启用的新指控大厅里已是一片欢腾，人们互致祝贺，纷纷在实时显示卫星太空运行轨迹的大屏幕下合影留念。

曙光已露，晨曦初现。西昌卫星发射中心又在喜悦中度过一个不眠之夜，在兴奋中迎来新的一天。

此次发射的北斗导航卫星，是中国北斗导航系统建设计划的一颗卫星。它的发射成功，标志着中国自行研制的北斗卫星导航系统进入新的发展建设阶段。本次发射是中国长征系列运载火箭的第九十七次飞行。

有关部门负责人当时表示，未来几年里，中国将陆续发射系列北斗导航卫星，计划 2008 年左右满足中国及周边地区用户对卫星导航系统的需求，并进行系统组网和试验，逐步扩展为全球卫星导航系统。

航天专家称，当时世界上只有少数几个国家能够自主研制生产卫星导航系统，中国北斗导航系统建成后，将主要服务于国家经济建设，满足中国及周边地区用户对卫星导航系统的需求。

这次发射的北斗导航卫星，是中国北斗导航系统建设计划的一颗卫星，飞行高度为 2.15 万千米的中圆轨道。

这颗卫星的发射成功，标志着我国自行研制的北斗卫星导航系统进入新的发展建设阶段。北斗系统在技术和规划上的重大突破，也标志着中国向自主研发全球导航定位系统"北斗二号"方向迈开了大步，它开启了中国北斗卫星导航系统建设的新的里程碑。

　　这次发射的卫星和用于发射的"长征-3甲"号运载火箭分别由中国航天科技集团公司所属中国空间技术研究院和中国运载火箭技术研究院研制。

坦然面对北斗增重难题

10公斤的分量有多重？这个问题对于一般运载工具可以说是微不足道，然而，对于运载火箭，在有效载荷上再增加10公斤的重量，就意味着科研人员将承担巨大的风险并付出辛勤的劳动。

2009年，承担"北斗"发射任务的"长征-3丙"号火箭发射试验队抵达发射中心后的第三天就遇到了这个问题。北斗卫星分系统提出希望火箭系统再配合卫星增重10公斤的要求。

火箭系统型号"两总"十分清楚，卫星如果增加10公斤的燃料，可以延长其使用寿命，此举利国利民，却会给火箭系统带来一定的风险。

发射试验队领导站在全局的高度，将"确保成功"的理念融入科学发展观中，他们以用户为本，急用户之所急，想用户之所想，给出了这样的答复：

大局面前，火箭系统责无旁贷必须勇于作出贡献。

"长征-3丙"号火箭是一枚新型火箭，只进行过一次正式飞行试验，还存在不确定的因素。为此，发射试验队领导高度重视火箭复查工作，要求对设计和生产进行再确认，因为在执行任务准备发射的最后环节，卫星临时增重必然会带来更大的风险。

一边是客户的希望和兄弟单位的请求，一边是可能存在的风险和新增的任务量，为了达到用户的要求，发射试验队承担了巨大的压力。

这次在发射中心的卫星增重，其实是卫星的第二次增重。第一次还是在火箭研制期间，卫星分系统提出了将卫星设计指标增加50公斤，希望运载系统能够予以配合。运载系统以大局为重，从自身挖潜，将火箭运行轨道能力进行了优化，并从设计、软件、数据仿真等方面开展了相应的工作，为卫星发射质量达到设计要求提供了支持。

在飞行轨道程序已经固化的情况下，型号"两总"组织研制人员，采用系统科学的方法分析解决问题，制定了卫星增重的两套方案。

一是火箭燃料余量在卫星增重后仍可满足飞行要求，火箭系统不做任何变动。

二是火箭燃料如果余量不足，可将火箭三级姿控系统推进剂加注量减少10公斤。

同时，迅速开展技术风险分析工作，针对第一套方案，就卫星加重对火箭发射轨道及相关系统的影响开展分析。

针对第二套方案，复查飞行实际结果与设计数据，对过去发射过的火箭进行数据统计和分析，确定能够满足飞行任务要求的余量范围。对减少加注燃料后的状态进行分析，拟订加热操作调整方式。并统计以前发射过的火箭姿控燃料的最大用量和火箭在工作状态下的余量值，确定火箭减重后姿控系统是否能够在允许偏差范围之内。

经过3天的分析讨论和方案比对，最终决定采取第一套方案完成发射任务。

"长征-3丙"号火箭发射试验队把深入学习实践科学发展观的活动与圆满完成型号飞行试验任务紧密结合起来，在新增任务面前以大局为重、以客户为重，勇于承担责任和风险，努力把对科学发展的认识转化为促进型号任务圆满完成的实际，给出了最好的答案。

成功发射"北斗二号"卫星

2009年4月15日零时16分,中国"长征"系列运载火箭开始自己的第一一六次出征。

在西昌卫星发射中心,"长征-3丙"号成功地把第二颗采用"东方红-3A"平台的北斗导航地球同步静止轨道卫星送入预定轨道。这是中国北斗二代导航系统全球梦想的第二步。

"北斗二号"卫星导航系统由3颗静止轨道卫星,3颗倾斜地球同步轨道卫星和27颗中圆轨道卫星组成。

"北斗二号"卫星导航系统提供开放服务和授权服务。开放服务是在服务区免费提供定位、测速和授时服务,定位精度为10米,授时精度为50纳秒,测速精度0.2米每秒。授权服务是向授权用户提供更安全的定位、测速、授时和通信服务以及系统完好性信息。

中国全球定位系统技术应用协会咨询中心主任曹冲研究员说:"'北斗二号'就是国产的GPS,只要现在GPS应用的地方,我们的'北斗二号'就能应用。"

中国即将建立的"北斗二号"全球卫星定位系统无论是导航方式,还是覆盖范围上,都和美国的GPS非常类似,而且有着GPS和格洛纳斯无法比拟的独特优势。

"北斗二号"系统主要有三大功能:快速定位,为服务区域内的用户提供全天候、实时定位服务，定位精度与 GPS 民用定位精度相当。短报文通信，一次可传送多达 120 个汉字的信息。精密授时，精度达 20 纳秒。

中国卫星导航系统总设计师孙家栋院士 2008 年年底明确表示，"北斗二号"计划于 2010 年先期建成区域卫星导航系统，2015 年建成全球卫星导航系统。

"北斗"卫星总工程师范本尧说：

> 我国发展二代北斗不会采取一步到位的方式，也不会停掉一代，另外发展二代。会在一代的基础上不断补充卫星数，增加其功能，提高其整体水平。

这位继续承担二代北斗设计工作的科学家表示，比 GPS 多的通讯功能为发展新一代北斗的关键技术提供准备。他举例说，"北斗一号"备份卫星上新装载了用于卫星定位的激光反射器，能够参照其他卫星，把自身位置精确定格在几个厘米的尺度以内。

范本尧说：

> 这颗卫星已定位成功，表明这种技术是有效而可靠的。这样，当我们不断发射新的卫星构建二代"北斗"体系时，众多卫星就会找准自己的位置，构成符合标准的网络。

中国的全球导航定位系统将在军事应用中发挥重大作用。从作战指挥的实质来看，如今的作战指挥与历史上的作战指挥活动并无本质不同，都是指挥员运用兵力在一定的空间和时间内达成一定目的的活动。

在作战中，对兵力兵器时间和空间位置的定位和控制是完成作战任务的基本前提。

在科学技术不发达的时代，这是一个相当的难题，战争史上兵力迷失方向、找错部队、机动失误等现象不胜枚举。而全球导航定位系统的建立从根本上解决了这一问题。

建立卫星导航系统，通俗地说，就是织造一张覆盖全球的"天眼"网络，对于提升我国国防实力，其重要性难以替代。

借助全球导航定位系统，战斗机、轰炸机、侦察机和特种作战飞机可以全天候准确无误地执行任务，坦克编队可在没有特征的沙漠地带完成精确的机动，扫雷部队可安全通过雷区、准确测定布雷位置以便将其摧毁，给养运输车能在沙漠中发现作战人员并为其提供补给，特别行动直升机与攻击直升机能够协同作战。

全球导航定位系统还使空中加油机与需要加油的作战飞机能够更快地相互找到对方。

全球导航定位系统可提供准确的时间和频率，从而广泛应用于授时校频。在通信、网络的时间同步，以及部队机动、作战中统一时间标准均具有重要的意义。

当前，GPS与惯性制导相结合是军用飞机上普遍采用的一种导航方式，这种导航方式可由GPS提供精确的位置和速度信息，而惯性制导因不易受到干扰，可在无GPS信号时提供导航信号并使系统迅速更新。美军当时的军用飞机大量采用此种导航方式。

全球导航定位接收机可以做到小型化、手持式，因而携带方便，它还可与其他手持式通信设备组合在一起，是野战部队和机动作战部队不可缺少的装备。

海湾战争期间，GPS接收机就很受美军部队欢迎，一度出现了军用GPS接收机严重短缺的现象，当时美国陆军每连或180多人就有一台GPS接收机。而伊拉克战争中，地面部队至少拥有10万台精密轻型GPS接收机，每个班至少一台。

全球定位系统本身所具有的精确性可确保进行精确的位置勘察、配置炮兵、目标搜索和定位。全球定位系统在作战地域内建立"共同坐标""共同时间"，帮助建立"共同指令"，并且可协助实施协同行动。

海军部队也可从全球定位系统中受益。运用全球导航定位系统，舰艇和潜艇可精确地判定自己的位置，这有助于在港口作业的安全和通过受限水域时所需的导航。

结合使用激光测距仪和高精确的定位信息，可对海岸线进行精确勘察。可精确地设置水雷，使己方部队能规避和对其进行回收。

使用空间定位、速度矢量、时间和导航支援，有助于海上集结、海上营救和实施其他行动。

在空中作战行动中，全球定位系统也极为有用。

全球导航定位系统提供的位置、速度矢量、时间的有关信息可提高空投、空中加油、搜索和营救、侦察、低空导航、目标定位、轰炸和武器发射的效能，可为己方飞机通过作战地域设定更为精确的空中走廊，可提高各种空射武器的精确度。

五、开发应用

- 北斗星通导航技术股份有限公司董事长周儒欣说:"如果一旦发生战争,美国关闭应用,后果不堪设想。作为中国这样的大国,必须要有自主的卫星导航系统。"

- 纽约记者泰勒迪纳曼文章称:"考虑到席卷全球的经济危机及欧盟方面决策和预算编制效率的低下,中国北斗卫星导航系统可能会先于'伽利略'卫星导航系统运行。"

- 周儒欣说:"虽然在后来落实过程中我们还碰到了各种各样的困难。但这件事情是有开创意义的,此事的落地使得北斗对民用的开放成为可能。"

北斗卫星成就辉煌

从 2003 年我国"北斗一号"建成并开通运行，已在测绘、电信、水利、交通运输、渔业、勘探、森林防火和国家安全等诸多领域逐步发挥重要作用。随着发展，北斗系统的入网用户已突破 4 万。

业内人士介绍，除了标定终端位置之外，北斗的指挥机还能够用短信的形式向终端下达命令。

2008 年 5 月 12 日，就在地震发生后的 3 小时内，正是运用北斗系统的短信功能，远在北京的武警指挥中心和四川武警森林部队进行了上百次的短信息交流。

中国自主建成的北斗卫星导航定位系统开通应用 5 年，在国民经济、社会发展和国防建设中成功推广，实现规模化应用，并形成了数十亿元人民币市场占有量的产业化规模。

尽管北斗系统仍在建设中，但卫星导航精确定位的高科技成果，却早已植入我们的生活。中国铁路的大提速，没有卫星导航提供每列火车在线运行的精确位置，提速会变得不可思议。同理，城市轻轨运行、高架路动态交管等，倘若失去卫星导航精确定位，效率和安全均会受到重大挑战和损失。

诚如每一次大的技术进步总是深刻影响人类生活、

加速人类文明进程一样，北斗系统的应用也会改变我们的日常生活。例如，到那时候，做家长的足不出户，借助家里的视屏电话，就可精确知晓放学后的孩子正走在回家的哪条马路上。

除了巨大的国内意义，北斗系统还有重大的国际意义。当时世界上在轨运行的全球卫星定位系统只有美国的 GPS 系统和俄罗斯的格洛纳斯系统，但由于格洛纳斯系统迟迟未能部署完毕，因此世界卫星定位导航市场一直被美国垄断。

2008 年 4 月 23 日，欧洲议会全体会议经过两天的讨论，终于通过了欧洲"伽利略"全球卫星导航系统的最终部署方案，这标志着为期 6 年的"伽利略"计划基础设施建设阶段正式启动。中国"北斗二号"卫星的发射，无疑为这个进程增添了更为强劲的活力。

多国竞争有助于打破全球导航定位市场美国一家独大的局面。特别是多个全球卫星导航定位系统投入运行后，全球的用户会使用多制式的接收机，获得更多的导航定位卫星的信号，无形中极大地提高导航定位的精度，这是竞争给用户带来的直接好处。

另外，由于全球出现多套全球导航定位系统，从市场的发展来看，会出现 GPS 与多家系统竞争的局面，竞争会使用户得到更稳定的信号、更优质的服务。世界上多套全球导航定位系统并存，相互之间的制约和互补是各国大力发展全球导航定位产业的根本保证。

爆发中欧卫星频道争端

中国"北斗二号"横空出世,而这时的欧盟还在内耗中没有脱开身。直到 2008 年 4 月 27 日,"伽利略"系统的第二颗实验卫星才升空,此时距上次发射已经有差不多 4 年时间,这样的进度,比最初的计划推迟了整整 5 年。

"北斗二号"横空出世,不仅使欧洲"伽利略"系统准备与美国 GPS 一争高下的愿望大打折扣,也冲淡了"伽利略"光明的市场前景。"北斗二号"在技术上比"伽利略"更先进,定位精度甚至达到 0.5 米级,令欧洲人深受震撼。

另外,之前"伽利略"计划的推出,刺激了美国和俄罗斯加快技术更新,新一代 GPS 和新一代格洛纳斯的定位精度等技术指标均很快反超"伽利略","伽利略"逐渐丧失了技术相对领先的优势。

为了转变被动局面,欧洲人别无他法,只有增加财政投入,而此时欧洲航天局为了排挤中国,已经以法律形式规定所有开发资金均来源于欧盟公共资金,这就意味着,要想增大投入,还得在内部无休止地"吵"下去。

屋漏偏逢连夜雨,随着 2008 年金融危机的冲击,欧洲公共资金开支更加紧张。"伽利略"几乎要面临绝粮的危险，面对窘境，欧洲已经有政治家开始呼吁停止这个毫无意义的计划。

面对进退维谷的尴尬处境，欧洲人开始酸溜溜地说，中国"北斗二号"的技术是从欧盟"伽利略"计划"偷窃"来的，这样无聊的话表明欧洲人的狂妄自大心态。出于战略的需要，中国并没有完全放弃与欧盟"伽利略"计划的合作，但这已经不能阻挡中国推出自主全球导航系统的步伐。

按照国际电信联盟通用的程序，中国已经向该组织通报了准备使用的卫星发射频率。不巧的是，这一频率正好是欧洲"伽利略"系统准备用于"公共管理服务"的频率。

频道是稀有资源。占得先机的美国和俄罗斯分别拥有最好的使用频率，中国所看中的频率被认为是美国和俄罗斯之后的"次优"频率。

按照"谁先使用谁先得"的国际法原则，中国和欧盟成了此频率的竞争者。然而，中国准备在2009年发射3颗"北斗二代"卫星，正式启用该频率，到2010年共发射完10颗，而欧盟连预定的3颗实验卫星都没有射齐，注定要在这场"出乎意料"的竞赛中败下阵来，从而失去对频率的所有权。

一旦中国确立了频率所有权，"伽利略"系统必须在征得中国同意下才能使用该频率。欧洲人担心，"公共管理服务"发送的是加密信号，可用于军事和国家安全等目的，有可能被中方破解。而再一次换新频率，就得在技术上重新设计，又得花掉欧洲纳税人的钱。

纽约记者泰勒迪纳曼文章称，考虑到席卷全球的经济危机及欧盟方面决策和预算编制效率的低下，中国"北斗"卫星导航系统可能会先于"伽利略"卫星导航系统运行。而且，中国"北斗"的精度或许能够与美国GPS相媲美，而"伽利略"则很难达到这一水平。

文章称，中国已决定不更改其计划用于新改良的北斗卫星系统的导航频率，而这给欧洲"伽利略"联合工业造成极大的困扰。

2008年12月，全球卫星导航系统国际委员会在美国加利福尼亚州帕萨迪纳市举行了第三次会议。会议报告指出，虽然美国能够就一些次要的问题与中国达成一致意见，但欧洲却无法使中国改变其北斗卫星导航使用频率的计划。除非中国事先同意，否则"伽利略"常规公共服务信号便无法用于军事目的。这就是所谓的频率覆盖问题。

文章借用前法国总统希拉克的话称，如果事情继续这样发展下去，那么，这个旨在避免欧洲沦为美国技术附庸的系统，会使欧盟陷入受中国制约的境地。事实上，欧洲人之所以邀请中国加入"伽利略"项目，是因为他们认为，这会为中欧双方共同削弱美国实力奠定基础。

文章接着指出，在中国方面看来，在"伽利略"项目中，欧洲人不但利用了他们，还欺骗了他们——中国积极地参与了"伽利略"项目,希望能够从中得到自己的利益,但却发现自己被关在了"伽利略"控制机构的大门之外。到最后的时候,中国发现其对"伽利略"的影响,远远低于日本与印度对全球卫星导航系统的影响,而且,后两个国家甚至并没有为正在建造的信号扩增系统支付一分钱。

文章称,现在,欧洲不仅因中国而感到郁闷,还因美国而感到气愤。这是因为,华盛顿拒绝为实现欧洲人的愿望而向中国施加压力。这是具有讽刺意味的,毕竟"伽利略"并没有考虑到美国的最大利益。一些欧洲谈判者甚至威胁,要退出 2004 年美欧双方就频率覆盖问题签署的协定——这可不是欧洲与奥巴马新政府打交道的最佳途径。

文章指出,欧盟建立"伽利略"卫星导航系统的决心毋庸置疑。一直以来,欧洲人都希望欧洲能够在未来的后美国时代,成为世界上最重要的超级实体,而"伽利略"系统是新欧洲的基石。所以,文章称,欧洲人坚持研发该系统,即使这会破坏其与美国或中国的关系。

文章称,当时中国第二代导航系统的研究已经取得了引人注目的发展。北斗卫星导航系统很可能会在"伽利略"之前运作。

文章表示,这并不令人感到意外,因为欧盟的决策与预算编制效率远远不及中国,但意想不到的是,中国卫星导航系统的精度似乎能够与美国的 GPS 相媲美,而"伽利略"则很难达到这一水平。文章认为,如果这信息得到证实的话，美国与欧盟必然会对中国技术发展如此迅速的原因感到奇怪。

这样的结果，当然不是欧洲人希望看到的，他们也不会就此轻易善罢甘休，他们希望通过谈判来解决中欧之间的争端，但事关国家地区利益，谁占先机无疑谁就在导航卫星的道路上领先一步，谈判结果还要让时间来最终证明。

2009年3月中旬，来自中国和欧洲航天部门的官员们行色匆匆，赶赴德国慕尼黑，就争执了半年的导航卫星放射频率"重叠"问题展开第二轮谈判。双方唇枪舌剑，激烈交锋。

欧方官员以频率是从美国人手里花"血本"获得，而且欧洲人的"伽利略"系统早已按此频率进行技术设计现已无法修改为由，力主中国"北斗二号"系统"搬迁"到其他频道上。

中方则依据国际上通行的卫星发射频率原则，"谁先用谁先得"的"所有权取得"，对自己的权益寸步不让，对欧方的要求据理力争。会谈最终毫无进展，等待下一轮谈判。

在全球卫星导航系统一事上，中国和欧洲从最初的合作逐步走向竞争，最后形成对抗的局面，反映了中欧之间深层次的结构性矛盾和战略利益冲突，也揭示出欧洲一直以来对华所抱持的傲慢和排斥心态。

北斗卫星逐渐走向产业化

卫星导航服务产业是个大产业，也是个大众化消费类产业，会迅速成长为国民经济新的增长点。卫星导航应用服务产业是一项能进入三百六十行，能进入人民大众日常工作、学习与生活的高科技产业。

卫星导航与移动通信的融合使它的应用产品插上腾飞的翅膀，它与因特网的结合，使它的服务畅行无阻，延伸到四面八方、千家万户。其行业覆盖的普遍性，其用户群体的不可限量性，均证明它是一个大产业，会迅速成长为国民经济发展的新增长点。

尤其"北斗"是中国自主知识产权的产品，安全性不存在问题，性能上又有 GPS 和格洛纳斯不具备的关键的通信功能，"北斗"在中国和未来国外的市场是不可估量的。

我国卫星导航技术的发展最先是从应用开始的。20 世纪 70 年代，我国为解决洲际导弹试验远距离、高精度海上导航定位问题，从美国引进了第一代卫星导航系统"子午仪——奥米伽导航仪"。

随后，海军舰艇、渔船装备了单、双频不同型号的子午仪接收机。

20 世纪 90 年代中期，美国第二代卫星导航系统 GPS

正常运行之后，GPS 应用在我国遍地开花，从海上空中导航、大地测量扩展到农牧渔业、安全防范、防震救灾、环境监测、车辆监控导航等方面，应用领域不断扩展，应用层面不断深入，应用水平居发展中国家之首，是 GPS 应用大国。

GPS 在我国国内应用逐步普及，已渗透到很多行业中。在我国军事应用中，除少量武器装备了北斗设备和部分武器装备使用 GPS/格洛纳斯进行训练和试验之外，重要武器和信息系统的时频信号 80% 以上依赖 GPS 校正。

在民用领域，涉及国家经济安全的许多重要领域，包括民航、交通、电信、金融、电力、物流等时频基本依赖 GPS 校准，接收机模块 GPS 占据了应用市场近 99% 的份额。

GPS 如此广泛大量的应用，一方面反映了市场对卫星导航定位和授时的大量需求，另一方面也反映出中国对美国的信赖，这在一定程度上构成对我国国家安全和经济的严重威胁。

GPS 本质上是不安全的，关键部门或者行业使用和依赖 GPS 是非常危险甚至致命的。美国有明确政策规定，只要被美国单方面认为是敌对国家，美国可以随时停止对有关国家或地区的 GPS 服务。

2004 年 12 月 8 日，美国布什总统批准了一项新的天基定位、导航与授时服务国家政策。"中央情报局将确定、监视和评估国外对使用 GPS 定位、导航和授时体系和相关服务的威胁的进展,为国防部长决定开发对抗手段提供支持信息";"为保障国土安全,改进拒绝和阻断敌方使用任何天基定位、导航和授时服务","在实际的条件下,培训、装备、测试和训练美国的军事力量和国家安全能力,包括 GPS 的拒绝与阻断"。

任何其他国家都有可能被美国认定为"敌方",因此,单一使用 GPS 对于国防安全和经济安全是危险和致命的。GPS 的安全问题已经成为中国国防建设和经济发展的严重隐患之一。

因此,为了保障国家和社会经济的安全,有必要以国家意志或者政府政策的方式,要求在我国卫星导航定位授时等应用中,必须优先采用北斗导航系统,至少必须保证北斗导航系统与 GPS 组合、相互备份。

"北斗"应用的关键是自主知识产权的导航芯片。当时,中国在北斗导航芯片的研发上取得了很大的成绩,这是北斗卫星导航系统大规模应用的最重要基础之一。

2008 年 2 月 21 日,上海市经济委员宣布,我国北斗卫星导航系统的核心芯片"领航 1 号"已在上海研制成功。"领航 1 号"是我国自主开发的完全国产化的首个卫星导航基带处理芯片,并将替代"北斗"系统内的国外芯片。

"领航 1 号"芯片不仅完全实现国产化,而且性能和造价明显优于国外产品。就技术角度而言,影响卫星定位系统效能的因素,首先是卫星上原子钟的准确度,其次便要看导航芯片本身的质量了。

作为北斗导航系统的重要一环，终端芯片由上海复控华龙微系统技术有限公司和复旦微电子市场中心合作研制，他们在多个中标单位中第一个拿出了产品。

复旦微电子市场中心总经理刘以非说："这块芯片我们从 2006 年年底就开始研制了。至少已经投入了几千万元人民币。"

复控华龙公司市场总监杨泓则说，北斗导航系统原来模块的造价要 2 万元人民币，"现在可以降到 1000 元以内了"。此外，"领航 1 号"的体积大大缩小，功耗大大降低。

此次发布的芯片仍属于北斗一代，北斗二代正在研发过程中。已经研制成功的芯片是"北斗二"基带芯片，"北斗二"射频芯片还正在研发过程中。

将完成的"北斗二"射频芯片完成 BD2/GPS 信号的变频和数字化采样，该芯片的特点是体积小、功耗低、批量生产成本低，适合大批量生产和应用。

已完成的"北斗二号"基带芯片完成 BD2/GPS 联合导航定位的全部数字功能，包括信号搜索、跟踪、解码、导航定位方程求解等功能。该芯片同样具有体积小、功耗低、批量生产成本低，适合大批量生产和应用的特点。

作为"北斗"应用的关键核心技术，当时已经研发完成三种芯片，BD2/GPS/格洛纳斯三模式芯片、BD2/GPS/格洛纳斯单系统芯片、GPS 嵌入手机 CPU 芯片，并已经投入批量生产。

北斗导航定位芯片组将使北斗芯片组的体积、功耗、性能、价格达到或接近 GPS 同等水平。最大特点是北斗导航定位芯片是国产化的并且具有自主知识产权。可以解决"北斗"芯片随着北斗系统建设不断升级换代问题。"北斗"芯片组大规模应用场合包括车载、手持、单兵、野外作业等。

当时终端只要是采用 WINCE 操作系统的，基本上都可以很方便和很快地改造为"北斗/GPS 双模式"或者"北斗/GPS/格洛纳斯"三模式终端，成本增加不多，有的甚至可以嵌入惯导设备，保证用户应用系统不依赖任何一套卫星导航系统，从根本上提高了用户导航应用系统的可靠性和可用性，保证了应用系统的安全。

北斗和 GPS 等导航系统不是相互取代的问题，而是互为备份地形成高安全的系统。北斗应用系统的发展，特别应该充分利用在中国积累 20 多年的 GPS 的市场、技术、经验和教训，促进"北斗"的应用，减少应用的投入，从政策到各种门槛的设定，保证"北斗"的竞争能力和系统的可用性，尤其是在美国人别有用心地宣布因资金问题 GPS 精度可能下降甚至崩溃的信息时。

在 GPS 用户对 GPS 心存疑虑的情况下，"北斗/GPS"或者"北斗/GPS/格洛纳斯"三模式系统将给用户和投资者以极大信心。

加拿大《汉和防务评论》曾撰文指出，鉴于信息战是最薄弱的环节，中国军队正在积极解决最关键环节的数字化通讯与精确定位问题。为此，北斗系统正在更加广泛地被军队运用。

军事专家表示，"北斗二号"系统一旦正式运营，中国将形成"陆、海、空、天"四位一体的"国防门"，同时具备"信息化作战"能力，能对小区域、小目标发动"点穴式"精准攻击，大大提升在遭遇外敌入侵时的精确反击能力。

中国军队也将拥有自主的全球卫星导航手段，车辆、单兵、舰船乃至高速移动的飞机和导弹都可以应用，如通过卫星引导，从潜艇或远程轰炸机发射巡航导弹，摧毁机场、港口等军事设施。

由于包括北斗系统在内的卫星导航技术所具有的全天候、高精度和自动测量的特点，作为先进的测量手段和新的生产力，已经融入了国民经济建设、国防建设和社会发展的各个应用领域。

包括北斗系统在内的卫星导航系统的主要用途有陆地应用、海洋应用、航空航天应用三大类几十个小类。北斗系统所独具的通信功能是其他系统不具备的，使得北斗系统应用更为广泛和方便。

开拓北斗卫星民用化市场

建立北斗系统使得我国成为世界上第三个拥有卫星导航系统的国家，北斗的双星定位原理也是由我国专家首次在世界上提出的，"北斗一号"信息服务系统则第一次打通了北斗民用的通道。

早在1997年去美国考察时，周儒欣看到美国高通公司的全线通系统，租用两颗卫星的部分转化器，为长途客车与沿海渔船提供卫星定位和传讯服务，并创造了巨大经济效益。

回国后的周儒欣开始关注"北斗一号"。"按照设计规划，'北斗一号'卫星的能力是美国卫星的8倍，如果利用起来……"周儒欣这样想，只是当时他对北斗的民用构想仍十分模糊。

周儒欣说：

> 中国的卫星导航应用近年来发展迅速，但是绝大多数应用都是建立在美国的GPS之上。如果一旦发生战争，美国关闭应用，后果不堪设想。作为中国这样的大国，必须要有自主的卫星导航系统。

中国导航系统的应用，必将发展成为一个巨大的产业。1999年，适逢军企转制之时，周儒欣成立"北斗星通"，致力于日渐清晰的北斗的民用推广研究。

当时，"北斗"主管部门都认为周儒欣的想法是一个非常好的主意，但是具体能不能做，由谁来做还需要更高层领导的决策。

周儒欣心里也明白，若不做好准备，机会则可能旁落。这时他想起了一个人，自己的老领导，原国防科工委副主任叶正大。

叶正大对我国军工科技的发展倍加关注，也是一个非常有原则的人。周儒欣想，如果他不帮这个忙怎么办？我该怎样说服他？

南开大学数学系毕业的周儒欣，为梳理这些问题用了整整两周。果然，叶正大的回答在周儒欣意料之中。"我都退休了，跟人家说合适吗？你又当过我的秘书，这不是'走后门'吗？"叶正大说。

周儒欣认真地答道："这件事情，我不是从个人角度出发，而是作为一个有理想的年轻人，站在国家利益的角度考虑。美国GPS开放民用后，全世界都在帮着找问题，GPS也因此不断受益完善。反观俄罗斯，格洛纳斯系统的开放程度不高，再加上当时其经济形势不好，系统没人使用，导致军方也不好使用。开放才会有生命力，所以中国的'北斗'必须开放民用。通过'北斗一号'信息服务系统的立项建设，就可以把促成北斗开放民用的通道建立起来。"

为周儒欣的诚意所动，叶正大毫不避讳，将此事转达给了当时主管卫星应用的相关领导。

2000年秋的一个周末，叶正大来电说负责"北斗"的主管领导周一要听他的汇报，因工作马上要出国的周儒欣立刻决定先打个电话。可在电话中如何表达？这通电话很可能就决定着自己的计划是否可行，踌躇满志的周儒欣便下楼在院子里开始思量怎样开口。

半个小时里，周儒欣的邻居们看到，他正若有所思地在院儿里踱来踱去，手里香烟不知不觉中续了几根。他一直在为即将要拨出的一通电话整理思路，因为这次对话将关系到我国卫星定位导航系统能否打开民用通道。

结果，周儒欣与"北斗"主管领导畅谈了40分钟。他说："'北斗'的民用开放后对军用有很好的促进作用，对系统的发展有诸多好处，特别是将来很有可能建立更大系统，探索一些新的应用模式，为未来更大系统的建设提供一些经验……"

在电话里，周儒欣为"北斗"勾勒出一幅生机勃勃的画卷。不久，又当面向"北斗"主管部门进行了更全面的汇报。

2000年9月，"北斗星通卫星导航技术有限公司"成立，周儒欣携手下二十几人，通过深入论证，再加仔细分析北斗系统后，提出了"北斗一号"信息服务系统，为原本由军队主导的封闭系统找到了民用出口。

身为上市公司北京北斗星通导航技术股份有限公司董事长的周儒欣说：

> 虽然在后来落实过程中我们还碰到了各种各样的困难。但这件事情是有开创意义的，此事的落地使得"北斗"对民用的开放成为可能。

2004年上半年有关部门出台了相关的实施细则后，"北斗星通"就拿到了北斗民用服务的第一块牌照，"北斗一号"卫星导航定位系统分理服务资质认证。

"北斗星通"提出的"北斗一号"信息服务系统，打通了"北斗"民用的通道。

六、走向未来

- 验收专家组认为:"基于'北斗'卫星导航定位系统的定时和短报文通信功能,构建了一套中心主站监控系统,实现了对远程时间同步装置的集中监测和远程维护控制。"

- 国家天文台高级工程师蔡贤德说:"这样的生意很好谈,像我们这样的买家太少了"。

- 武汉大学测绘学院教授刘基余说:"中国科学家能够在条件有限的情况下,自主开发这样一个具有重要科学意义和工程实用价值的导航系统,实属难能可贵。"

建立时间同步监控系统

由于历史的原因，我国电力行业的时间同步系统的时钟源大都采用美国 GPS 系统作为主时钟源，这样就带来一个安全问题，如果美国对我们关闭民用 GPS 信号，我国的大电网将被置于危险的境地。

如何建立完善的时间同步机制，同时使电力系统时间同步系统不受他国控制，是摆在电力行业面前的一大课题。

中国"北斗"导航系统的问世，终于让这个问题有了圆满解决的希望。

由北京国智恒电力管理科技有限公司和华东电网公司根据北斗卫星系统的特性，联合研发的"北斗电力全网时间同步监控系统"彻底解决了这个问题。

我国电网已初步建成以超高压输电、大机组和自动化为主要特征的现代化大型电网系统。

中国电网的运行实行分层控制，设备的运行往往要靠数百千米外的调度员指挥。电网运行瞬息万变，发生事故后更要及时处理，这些都需要统一的时间基准。

为保证电网安全、经济运行，各种以计算机技术和通信技术为基础的自动化装置广泛应用，如调度自动化系统、故障录波器、微机继电保护装置、事件顺序记录装置、变电站计算机监控系统、火电厂机组自动控制系统、雷电定位系统等。

这些装置的正常工作和作用的发挥，同样离不开统一的全网时间基准。

自动化装置内部都带有实时时钟，其固有误差难以避免，随着运行时间的增加，积累误差越来越大，会失去正确的时间计量作用。

因此，如何对实时时钟实现时间同步，达到全网的时间统一，长期以来一直是电力系统追求的目标。

这些装置内部的实时时钟一般都带有时间同步接口，可以由某一种与外部输入的时间基准同步或自带高稳定时间基准的标准时钟源，如 GPS 标准时间同步钟对其实现时间同步。

这为建立时间同步系统，实现时间统一，提供了基础。有越来越多的单位已经建立或将要建立这样的时间同步系统。

我国当时的所有电厂、变电站和调度系统，都是将美国全球定位系统 GPS 作为主要时钟源设备，向电力系统的电力自动化设备如远动及微机监控系统、微机继电保护及安全自动设备、微机故障录波及事件记录等智能设备提供精确的同步时钟信号，使它们在系统时间上达到一致，它是电厂以及变电站的重要组成部分。

GPS 时间同步系统被广泛地应用于电厂和变电站的自动化控制、安全生产、自动化调度等系统的整体时间统一。

全球卫星定位系统 GPS 是由美国国防部的陆海空三军在 20 世纪 70 年代联合研制的新型卫星导航系统，耗资 120 亿美元。原来主要用于军事目的，后来，美国五角大楼发现了 GPS 的庞大市场，同意将 GPS 系统也用于商业领域。

但是，作为妥协，五角大楼制定了一个被称为选择性的使用原则，即 GPS 系统中播出的最精确的信号将严格保留给军方和其他有权使用的用户。

GPS 卫星发射两种信号，民用信号和只有军方才能解码的军用信号。我国在所有授时系统中所采用的 GPS，都是民用信号。

由于 GPS 系统受美国政府拥有和控制，在非常时期如海湾战争、反恐战争等，民用 GPS 服务可能受到影响。显然，这是一个非常重要的问题。

从 10 年间美国 GPS 的发展和新旧政策的对比来看，美国向来都是在保证国家和国土安全的情况下，继续获得最大的经济利益。

据有关部门监控，在我国 1996 年台海危机中，我国东南沿海广大区域的民用 GPS 信号曾全部被关闭。

2005 年的中俄军事演习时，演习区域的全部 GPS 民用信号被关闭。在海湾战争、南联盟战争和伊拉克战争期间，美国关闭了部分民用信号或是加大了对我国境内的 GPS 民用信号的误差。

我国电力企业从电力传输网到电力计算机网络的时间源当时都是采用美国的民用 GPS 系统，这将对我国的电力安全埋下极大的安全隐患。在非常时期，将会因为美国关闭 GPS 民用信号，对我国电力网络安全的运行产生致命的打击。

一个国家的基础战略设施，从来都不应该依赖于国外的技术。

面对国际上风云变幻的局势，作为一个独立自主的大国，建立我国自己星基的导航定位和授时系统无论对于保障国民经济的正常运行或国家安全都至关重要。

"北斗一号"卫星导航系统是我国自行研制和建立的一种区域卫星导航定位通信系统，主要是利用两颗地球同步卫星来测量地球表面和空中的各种用户的位置，并同时兼有双向报文通信和授时的功能。

该系统集测量技术、定位技术、数字通信和扩频技术为一体，是一种全天候的覆盖我国及周边国家和地区的区域性卫星导航、定位、通信系统。

随着 2003 年 5 月 25 日"北斗一号"系统的第三颗卫星成功发射升空，"北斗一号"系统已经开始全面为各种用户提供稳定和可靠的应用。北斗二代系统正处于抓紧建设之中，新一代系统服务能力更强，定位授时精度更高，并保证和"北斗一号"系统的兼容。

北斗卫星导航定位系统是一个由我国自主建设的全球卫星定位通信系统，它填补了我国没有自主导航系统的空白，当时，世界上只有少数几个国家能够自主研制生产卫星导航系统。

我国自主建设的北斗卫星导航定位系统除在国防建设上有着重要作用外，在国民经济领域有着非常广泛的应用前景，比如，可为西部和跨省区运营车辆，沿海和内河船舶的监控、调度和遇险救援提供廉价、高效、可靠的定位和通信手段，可为水利、气象、石油、海洋、森林防火等部门提供精确的卫星资料，可为通信、电力和交通等关系国民经济命脉的行业提供相当精确的相关服务。

2004年，北斗卫星导航定位系统正式向军、民用户开放，已逐渐在舰船监控、水文测报和气象监测等领域中得到应用。

北斗卫星导航定位系统是我国改革开放30年的标志性成果，它给我国电力系统时间同步系统解决单独依靠国外GPS系统为主时间源带来了新的希望。

据了解，北京国智恒电力管理科技有限公司和华东电网公司根据北斗卫星系统的特性，开始了联合研发的"北斗电力全网时间同步监控系统"的联合行动，最终完成了该项成果。

2008年12月19日，华东电网有限公司在上海组织召开"北斗电力全网时间同步监控系统"科技项目验收会。

验收专家组认为，基于北斗卫星导航定位系统的定时和短报文通信功能,构建了一套中心主站监控系统,实现了对远程时间同步装置的集中监测和远程维护控制。

采用北斗卫星导航定位系统冗余技术,保证了全网各站点与中心站的时间统一。为实现真正意义上的电力系统全网时间同步奠定了技术基础,为电力事故分析、电力预警系统、保护系统等高精度时间应用创造了条件。

同时,该项目研究成果整体水平国内领先,具有推广应用价值。

北斗积极应对信号干扰

长期视中国为主要对手的美国人,自然不会乐见我国的北斗系统形成战斗力,挑战美国的全球霸主地位。

据香港《亚洲时报》报道,美国军方早就已经在暗地里研究如何对付中国北斗卫星了。

从2001年开始,美国就秘密在早期"天蝎座"通信卫星干扰系统的基础上,研制出专门的干扰机,只要将这种干扰机对准"北斗一号"系统的卫星,大量发送类似网络垃圾邮件的垃圾信息,就会使卫星的接收机达到饱和,进而无法完成任何导航定位服务。

另外,由于卫星导航系统地面接收端信号微弱,其强度只相当于电视信号强度的十亿分之一。

美军曾进行过模拟试验并证明,如果将一部类似AN/ALQ-99那样的大功率GPS干扰机装到EA-6B电子战飞机身上,在中国东海上绕一周,那么大半个中国的定位信号都可能受到严重干扰。

此外,美军还在寻找欺骗式干扰技术,专门用于模拟"北斗二号"卫星发出的信号。

其实在过去,中国的北斗系统就多次发生过不明原因受干扰事件。中国进行的北斗系统的一系列试验中,就曾经遭受到多次的不明干扰,或者出现部分失误。

最触目惊心的，是那次美国卫星撞击俄罗斯报废旧卫星的事件。可以讲，太空战无时不在，它每天都发生在我们的头顶上。

当然，对于美国的攻击，中国并非没有应对之策。首先，中国"北斗二号"导航系统采用与美国 GPS 或欧洲"伽利略"系统相近甚至完全相同的频率。如果美国在战时对中国卫星实施阻塞干扰的话，必然也会干扰自己的定位系统。

其次，中国也采用了当时 GPS 系统上所采用的抗干扰技术。例如，地面信号接收站加装自适应调零天线，这种天线能够使接收机的抗干扰能力提高数万倍。

另外，中国采用与美国类似的复合导航技术。这样，即便"北斗二号"系统被干扰，也不至于影响整个导航系统的运转。

可以想见，今后，美国人一定会更加不遗余力地研究针对中国北斗系统的太空作战方法。

中国除了必须加快步伐，尽快完善北斗系统，并尽快投入实际应用，以检验其性能外，还必须加强北斗系统的自身抗打击能力，以及加紧研发攻击性的卫星武器、太空武器。以便万一在战时，如果我们的北斗卫星系统遭到敌人的太空攻击，我们也能拥有对敌人实施强有力的反击能力。

北斗开辟导航的新途径

几乎一夜之间,卫星导航定位系统就从军事领域,走进了普通人的生活。市场上,装有车载 GPS 全球定位系统的家用轿车比比皆是,可供登山等户外运动爱好者使用的手持式设备也风靡一时。

一直以来,美国 GPS 占据着中国卫星导航市场的绝对份额,但由中国自主研发的北斗导航定位卫星系统,也正在迅速起飞。然而,在参与欧洲"伽利略"全球卫星定位系统以及继续推进"北斗"之外,中国在卫星导航领域还有着另外一个秘密武器,那就是 CAPS。

这个已经进行多年的"经济型"卫星导航项目,其进展在很长时间内一直难以被公众所知晓。直到 2008 年 12 月,在一份专刊上,研究人员集中报告了该系统的研制进展之后,人们才有机会掀开其面纱的一角。

所谓 CAPS,是"中国区域定位系统"的简称。这种全新卫星导航系统的研制,始于 6 年多以前的一次"头脑风暴"。

2002 年 11 月初,位于现在的北京奥运村附近的中国科学院国家天文台,时任台长的中国科学院院士艾国祥找到同事施浒立和颜毅华,在一间普通的办公室讨论一个宏大的命题,如何开发"经济型"卫星导航系统。

之所以有这样的一个想法，是因为当时最为成功的卫星定位系统，即美国的 GPS，从研制到最终投入使用，花费了 20 多年的时间和数以百亿计的美元。苏联投入巨资研制的导航星座一直都不完整。

虽然中国已经决定加入"伽利略"计划，同时也启动了雄心勃勃的北斗系统，但研究人员还是希望尝试一些新的想法，看能否有更经济实惠的方式来实现区域导航定位。

这场思想的碰撞持续了好些天，中国科学院国家授时中心李志刚等科学家后来也被邀请加入。

像 GPS 这样的卫星导航定位系统，属于直播式卫星导航定位系统。也就是说，导航电文及测距码在卫星上直接产生，然后下行广播给用户定位。因此，都需要发射专门的导航卫星来承担这一任务。通常需要 30 颗左右的导航卫星才能覆盖全球。

在思维碰撞中，艾国祥及其同事提出了转发式卫星导航定位系统的理念，即导航电文及测距码在地面产生，上行至卫星，利用卫星上的信号转发器，再下行广播给用户定位。这样，系统就可以少发射甚至不发射专门的导航卫星，而利用商用的通信卫星组成导航星座。

如果这一设想实现，显然可以极大地降低导航系统的部署时间和成本。因为一般而言，空间设备研制周期长、投资大，星载设备尤其如此。以作为导航的时间和频率基准的星载原子钟为例，其价格昂贵、研制难度大，当时只有美国等极少数国家完全掌握这一技术，而且，即使研制成功，往往精度也要略微逊色。

转发式卫星导航定位系统，则可以将原子钟安置在地面导航站。李志刚说："这样就回避了星载原子钟的技术瓶颈。"

这种新的导航系统理念一经提出，很快得到了中国科学院、科学技术部、国家自然科学基金委员会，以及解放军总装备部的支持。

2005年6月，中国科学院国家天文台、国家授时中心、上海微小卫星中心、微电子所和自动化所等研究机构，与卫通集团等其他国内机构，合作研制出转发式中国区域定位系统的验证系统，并通过国家有关部门的验收。其粗码信号的定位精度达到20米左右，精码则达到10米左右，已经与GPS民用码的精度相当。

据了解，这个验证系统的研制仅用了不到两年的时间，经费则不到美国研制GPS的千分之一。当然，这一成功，很大程度上也有赖于中国天文系统在长期基础研究中所积累的信号被动接收、微弱信号检测、卫星测轨定轨等技术的应用。

巧妙利用退役卫星

在 CAPS 验证系统的研制过程中，研究人员首先租用了在轨的商用同步通信卫星上的信号转发器，组成验证系统的星座。不过，由于租用的卫星都处于地球同步轨道上，难以实现三维定位。

研究人员最初的设想是，发射倾斜轨道的通信卫星组成导航星座，以此来解决三维定位的问题。后来，他们却在不经意间找到了一种更省钱的办法，那就是开发退役卫星的"第二春"。

中国卫通集团退休专家陈吉斌参与了 CAPS 系统的研制。这位原亚太卫星公司副总裁说，退役卫星上的设备并未损坏，只是燃料快消耗完了。为了保持信号不间断，在发射新的同步通信卫星完成更替后，退役卫星一般还要有一定的剩余燃料。

研究人员通过多次讨论，提出了一个巧妙的思路，利用退役卫星上的剩余燃料和转发器资源，将其纳入导航星座。

因为当地球同步通信卫星正常运行时，需要在经度和纬度方向同时保持姿态，如果将其作为导航卫星使用，只需要对经度方向进行保持和调整，纬度方向则任其自由漂移，这样反而可以改善导航星座的空间布局。

与同时调控卫星的经纬度方向相比，该调整模式所消耗的燃料仅为原来的十分之一。这样，那些剩余的燃料，就足以支持卫星的长时间使用。

于是，2005年，CAPS项目组从亚太卫星公司购买了退役卫星"亚太1号"。这颗卫星的燃料原本只剩下几个月，但被"征用"至今已有4年多，仍然运转良好。2008年，项目组又购买了另一颗退役卫星。这颗卫星的剩余燃料更多，预计可供CAPS使用约10年。

代表项目组去洽谈退役卫星购买事宜的，是国家天文台高级工程师蔡贤德。他说："这样的生意很好谈，像我们这样的买家太少了。"因为对于卫星公司来说，不仅多了一笔预算外的收入，还省去了处理退役卫星这种"太空垃圾"的麻烦。

预计中国还陆续会有"鑫诺1号""鑫诺3号""中卫1号""亚洲2号"等卫星退役，这些退役卫星的剩余价值均可得到利用。随着这些通信卫星陆续加入导航星座，整个系统的精度也将得到进一步提高。

此外，在蔡贤德看来，退役通信卫星的变废为宝，也有助于维护中国的"空间主权"。因为就像土地一样，空间的轨道位置，同样是非常宝贵的资源，退役卫星如再利用，就可以继续占据原有的轨位甚至新的轨位。

与直播式卫星导航定位系统相比，CAPS还有一个优势，那就是导航通信一体化。通信卫星上的转发器很多，借助这些丰富的转发器资源，研制出可双向通信的接收机,就可以使系统实现导航通信一体化。

早在2006年,CAPS的导航通信一体化试验,就在车辆行进中和船舶海上航行中试验取得成功。此后,相关的试验及应用也一直在开展。

相比之下,现有的GPS只有导航定位功能,无法在系统内解决回传通信问题。因此,当车辆在野外行驶时,用户中心无法知道其下属车辆的情况;在战场上,上级指挥机关无法知道战场的态势;导弹发射以后,也无法评估打击效果。

在导航星座布置上,CAPS也比较灵活,可以根据情况选择地球同步轨道卫星、倾斜轨道卫星、中高度轨道卫星等。可以不搞全球星座均衡布局,而是从区域应用实际需求出发考虑最优星座布局。

此外,转发式卫星导航系统采用的是C波段,可租用的卫星资源丰富。

蔡贤德说:"GPS等系统使用的是L波段,频段资源少,几乎没有伸脚的地方了。"

从理论上讲,CAPS的定位精度今后有可能高于GPS。因为影响定位精度的因素,主要包括原子钟和卫星轨道测量,而地面原子钟在精度上可以比星载原子钟高出一两个数量级,且易于维护和更新。

李志刚和同事利用新的时间比对技术,已经获得了优于两米的卫星轨道测量精度。这一精度,已经可以与GPS提供的卫星轨道测量精度相当。

武汉大学测绘学院教授刘基余说：

> 中国科学家能够在条件有限的情况下，自主开发这样一个具有重要科学意义和工程实用价值的导航系统，实属难能可贵。

当然，CAPS 要想在精度乃至综合性能上与其他导航系统竞争，还有很多工作要做。CAPS 项目组成员也承认，CAPS 需要修正误差的环节就比 GPS 多一些。

此外，尽管整个 CAPS 系统的建设费用低出一大截，但对于用户来说，其接收终端的价格与 GPS 不会相差太多。这或许会影响其在市场上的吸引力，但项目组认为，CAPS 这样的系统仍然有着广阔前景。毕竟，像美国 GPS 这样庞大的卫星导航定位系统，不是所有国家都有财力承担的，而且 GPS 系统是 30 年前的技术方案，在伊拉克战争中已经暴露出抗干扰差等缺陷。

对于希望开发国内卫星导航产业的国家而言，尤其是中小国家，CAPS 无疑是个不错的"候选者"。

考虑到国家战略需求和技术成熟程度等因素，北斗系统理应成为中国卫星导航定位系统建设的主打，而 CAPS 这一系统，也值得继续探索和试验。

本书主要参考资料

《北斗"升级"闪耀太空》陈全育编《中国航天报》

《领航一号国产化背后》申剑丽编 21世纪经济报道

《天眼：著名卫星测控专家陈允芳》马京生著 解放军出版社

《100个"科技新第一"见证这30年》梁硕芳编《科技日报》

《"欧式思维"引发的"中欧恩怨"》和静钧著《同舟共进》杂志

《"伽利略"计划排挤中国自己反被排挤》和静钧著《文汇报》

《卫星导航中国蹊径》李虎军 程晗编《财经》杂志

《非常时期的非常发射》胡建兵 刘程范 炬炜编《解放军报》

《周儒欣的道路与梦想》薛芳编《中国商人》杂志

《"北斗"照耀下的生活》唐元恺编《北京周报》

《中国"北斗一号"卫星发射侧记》廖文根 奚启新编《人民日报》

《飞上九重天·星船篇：中国航天两总群英谱》冯春萍编 中国宇航出版社

《长三甲成功发射第三颗北斗卫星现场趣闻》武铠编

《中国航天报》

《长三丙火箭发射试验队学习实践活动见成效》时萱编《中国航天报》

《中国将织全球"天眼"网络摆脱对国外依赖》李莉编《中国青年报》

《西昌卫星发射中心系统工程师队伍建设纪实》孟令军 胡建兵 范炬炜编《解放军报》